千代田静玖《ちよだしずく》
藤代亮介《ふじしろりょうすけ》
薬師寺ココ《やくしじここ》

牧田奏《まきたかなで》
月村響《つきむらひびき》
カーストトップに君臨する超絶リア充である月村響。
雑誌の専属モデルを務め、常に響に寄り添う牧田奏。
スタイル抜群で男子から高い人気を誇る千代田静玖。
誰しもが認める衝撃的な美少女、薬師寺ココ。
そして後輩からの信頼も厚いダンス部リーダー藤代亮介。
響の周りには同じく飛び抜けた存在である友人達が、いつも側にいた。

「……わたしなんて……」
「や、やった！　が、頑張った甲斐《かい》があったってことですね！」
桐谷羽鳥《きりたにはとり》

カーストクラッシャー月村くん 1

高野小鹿

OVERLAP

カーストクラッシャー月村《つきむら》くん

CONTENTS

序章　いくら高くてもこの壁は登ったときに気持ち良くはない……003
一章　スクールとスクールカースト……007
二章　桐谷羽鳥の願い……092
三章　渋谷にて……138
四章　予期せぬ出会い……212
五章　そして、マスクを外すとき……260
終章　響き合い、奏で合う……302

イラスト／magako

序章　いくら高くてもこの壁は登ったときに気持ち良くはない

スクールカースト。

それは、この物語で最も大事な言葉であり、最も忌まわしき言葉だ。

語源はインドの本家カースト制度。

この社会制度が原因となったニュースは日本にいても度々飛び込んで来て、大抵エグくてグロテスクな結末を迎えることが多い。

それを見聞きする度に『未《いま》だにカースト制ってのはなくならないモノなのか？』なんて俺達《たち》は思ったりもするけれど、いつの間にか純国産で独自のカースト制度を作り出してしまった俺達が言っても、あまり説得力はないような気がする。

学校におけるカースト制度――それがスクールカーストだ。

ところが、俺達には学校から逃げる選択肢はない。

物心ついてから社会に飛び出すまでの間、この「学校」という場所で戦い抜かなければならない。このスクールカーストって奴《やつ》とも付き合っていかなきゃならない。

だからこそ――スクールカーストは俺達の心を蝕《むしば》むのだ。

病巣は広がりつつある。

「天は人の上に人を造らず」と福沢諭吉《ふくざわゆきち》は言っていたはずなのに、今俺達は学校で自然と同じ人間を見下して、差別して、分類し、区別する方法を学んでいる。

否、学ばされている。

それがこの場所で戦っていくために必要なスキルだからだ。こいつを身につけないと色々な場面で不利になる。体育の授業で二人組を組む相手にすら苦労したり、ありとあらゆる場面で疎外感や孤独感を味わう羽目になる。人としての尊厳を辱められても、それを訴えることも出来ず、心に大きな負債を抱えて生きていく羽目になる。

もちろん、両方の意味で。

負債を受ける側は区別される痛みを、負債を与える側は他人を区別する快楽を学ぶ。

結果として、モンスターが生まれる。

この令和の日本にはもう何万、何十万の魔物が放たれている。自分は他人よりも上等な存在だと思っている人間。そして自分は他人よりも劣っていると思っている人間。

——「強い魔物」と「弱い魔物」。

そして彼らは自分が魔物であるという自覚を持つこともなく、きっと一生を終えるのだ。

これじゃあ天国の諭吉も浮かばれない。

渋沢栄一《しぶさわえいいち》とのバトンタッチが控えている彼を、少しは安心させてやらなけりゃならないはずだ。

だから俺は思うんだ。

——スクールカースト《コレ》をなくす方法ってないのかな、って。

どうにかしなくちゃならない。

俺は日々思っている。

だけど俺には力がない。俺はただの人で、超人じゃない。空も飛べないし、魔法も超能力も使えない。包丁で刺されたら死ぬし、バットで頭をブン殴られてもやっぱり死ぬ。木製でも金属でも死ぬ。

革命も起こせない。ただの学生である俺では、今すぐ、日本に真に平等で、道徳的で、よりよい学生生活制度をもたらすことは出来ない。

だから……今、俺は自分に出来ることから始めようと思った。

これはちっぽけな決意だ。

学校からスクールカーストを撲滅する——なんてことは出来やしない。今、目標に出来る限界は……せいぜいクラス一つ分（これでも結構大きく出たつもりだ）。

クラスのみんなから自由を奪っているこいつを俺は全力で破壊したいと考えている。

俺は間違っているかもしれない。こんな決意自体が分不相応なのかもしれない。

ただし何度も言うけど、俺は超人じゃない。出来ることには限界がある。でも、それなりに取り柄もあるんだ。

俺は、このクラスの……いや、少なくともうちの学年の、かな。

実は俺、月村響《つきむらひびき》は——今通っている「市立八王子《いちりつはちおうじ》高校《こうこう》」に存在しているスクールカーストの頂点にいるんだ。

スクールカースト……上から壊すか、下から壊すか。主題歌しか流行《はや》らなかった映画のタイトルを少しだけ思い浮かべて、俺は考える。

スクールカーストは上から壊した方が楽に違いないって。

だから、こうして一番上まで上り詰めたんだ——なんてな、それはウソ。

何故《なぜ》か、気が付けばいつも自然と一番上にいるんだ。その「誰よりも高い場所」から見る光景が俺にとっては自然で、当然で当たり前の景色だった。

俺自身が抱えた矛盾の塊に本当にイヤな気持ちになることもある。

でも、俺は決めたんだ。

——たとえ歪《ゆが》んでいても、俺は俺に出来ることをやる、ってな。

一章　スクールとスクールカースト

市立八王子高校《ハチコー》に通う生徒の大半は電車通学だ。偏差値七〇を超える進学校ということもあって市外から通っている者も多いし、中には一時間半以上掛けて山梨の実家から通っている奴までいる。かなりの人気校でトップ校なのだ。

これが自転車通学となるとかなり少ない。

せいぜい一学年で二、三十人というところだろう。そんな中でも……徒歩で学校に通っているのは本当にごく僅かな生徒に限られる。

その一人が俺、月村響《つきむらひびき》だ。

通学時間は約三分。

カップラーメンを作るのと変わらない時間で行ける距離に、俺が生まれるよりずっと前からこの高校は君臨していた。

ハチコーは八王子エリアの覇者だ。

単に「八王子」と名前が付く高校は私立、公立含めて余裕で二十を超える。けれど「ハチコー」というシンプルな名称で呼ばれるのは市立八王子高校だけで、それはこの学校が他全ての「八王子系」の高校から抜きん出た存在である証《あかし》でもあった。

この高校を卒業しただけで八王子近辺では一目置かれる存在になるという。

それは単なる偏差値の問題ではない。

強固なOB会の存在や八王子市の市長の大半がハチコー出身であるという事実、そして卒業生の市会議員選挙における圧倒的な得票率などを含めて、戦前から今に到《いた》るまで歴々と受け継がれて来た八王子エリアのクロニクルでもあるのだ。

うちの父親も母親も共にハチコー出身で、高校時代にカップルとなった末にゴールインにまで到ったと聞いている。

不思議と多いのだ。

ハチコーは学生カップルが結婚まで行くケースが。

何とも馬鹿馬鹿しい逸話である。

こんな話を聞かされて育ったものだから俺はハチコーを過度に神格化する幼少時代を送った。将来は絶対に両親と同じ学校に通い、そこで自分もステキな相手を見つけるのだと息巻いていたわけだ。

俺は、まるで気付かなかった。徒歩三分、自室の窓から見える距離にあるピカピカで真白い建物が栄光に満ちた学び舎《まなや》などではないことに。

そこが――堕落した悪《あ》しき万魔殿であるなどと本当に最近に到るまで考えたことすらなかったのだから。

「寒いな……まだ夏服なんて気温じゃないのにな」

玄関の扉を開いて空を見上げる。

空は金属のように重く、流れる風は冷たさしか俺に届けてくれない。

今年は久方ぶりの冷夏になると聞いていた。

近年、春夏秋冬のバランスが狂いつつある日本では何十年も前に決定された様々な制度、システムに不備が生じつつあるのだ。

元号が変わるのをきっかけに色々と変えてもらっても良かったのだが……平成が終わりを迎え、令和となってからそろそろ一ヶ月ほど経《た》つが、呆《あき》れるほど日本は何も変わっていなかった。

ついでに、この肌を刺すような寒さも平成の世に置いて来てしまえば良かったのに。

「八時九分……出るか」

とはいえ、自宅を出た瞬間、俺の背筋はシャンと自然と伸びていた。

寒さの耐性に関して男はマシな方だ。この程度で文句を言っていたら、きっとこれから会う彼女にドヤされるに違いないのだ。


自宅から歩いて一分ほどが経った。我が家から学校までの全行程、その三分の一を消化した辺りで国道二十号線が見えて来る。

ここの横断歩道を渡って目と鼻の先にハチコーはある。

そして、

「遅いよ」

　毎日、俺と彼女が登校時の待ち合わせをするのもここだった。

「いつまで待たせるの」

　彼女——牧田《まきた》奏《かなで》が険しい眼差《まなざ》しで俺を睨《にら》みつけ、唇を尖《とが》らせた。細い指先が前髪を掻《か》き分ける。ハイトーンに染めた薄い茶色の髪が風に舞った。

「悪い、遅れたか」

　スマホを取り出して時間を見る。

　現在時刻は八時十分。待ち合わせ時間ジャストだった。

「いや、遅れてはないな」

「うん。時間通りだよ」

「……じゃあ、なにが不満なんだ？」

　疑問符と共に、俺は彼女の顔をずいっと見つめた。

　視線は、ほとんど下がらない。奏は身長が相当に高い女の子だからだ。雑に言うと「モデル体型」という奴なのだろう。

　いや——牧田奏は、本当に現役バリバリのファッションモデルなのだから、言われるまでもなく当たり前のことなのだろうが。

　奏が言った。

「時間通りだけど、もっと響に早く来て欲しかったってこと。今日なんて、特に。この格

好で待ってるだけで寒いんだから」

奏はご機嫌斜めな様子で、両手で自身の腕を抱き抱えるような仕草を見せた。

予想は大当たりだった。

奏は筋金入りの寒がりだ。今日は六月上旬だが、冬服仕様だった昨日までの気温と何も変わらない。そりゃあ冷えるに決まってる。だったら上にベストか何かでも着てくればいいのだろうが……奏はそれは「ダサい」と判断したのだろう。

そしてそれは、ある種のプロフェッショナルな直感に基づくモノなのだ。

奏は高校に入学してから女子向けファッション誌である『CORAL《コーラル》』の専属モデルを務めている。奏は現役の女子高生モデルで、ネットテレビ番組や深夜ドラマへの出演経験もある本物の芸能人なのである。

そんな奏が衣替え初日のランウェイに対して、何も羽織らず、抜き身で立ち向かうのが一番カッコいいと判断したわけだ。

だが、その決断には代償が必要だった。

——寒い、と。

「あたし、響の彼女なんだよ？　もっと大事にしてもらわなくちゃ困るよ」

不満そうに奏が言った。俺は肩を竦《すく》めて、

「なるほど。それは悪かった」

「本当に悪いと思ってる？」

「ああ。気の利かない彼氏だった」

「うん」奏が大きく頷《うなず》いた。「そんなんじゃ全然ダメだよ」

ダメ出しされてしまった。

しかし、こちらにも言い分というモノがある。

「だが、それならメッセージの一つでも送ってくれれば対処は出来たと思うんだが」

「そこは、響に察してもらいたかったの」

「……なるほど？」

奏が実に面倒臭いことを言った。俺は小さく咳払《せきばら》いをすると、

「去年までは衣替えしてしばらくは、上に何か羽織っていた記憶があったんでな」

「去年まではね。あたし、結構背が伸びたでしょ？　だから今、あまりベストが似合わないの。出来るだけ、外でアレは着たくない」

奏が一切表情を変えずに答える。

そして——僅かに頭をもたげ、俺の顔を覗《のぞ》き込むように言い放つ。

「だから、明日からはあたしより先に来ててね？」

「……」

なるほど、これが本題か。

「……安心しろ。明日からは少しは暖かくなると、小倉《おぐら》さんが言っていた」

俺はうそぶいた。奏は首を横に振る。

「うそ。軽部《かるべ》さんはまだまだ寒いって言ってた」

「いや、そんなこと軽部アナは言わないんじゃないか。あの人、お天気担当じゃないぞ」

「だったら小倉さんも言わないでしょ」

「それが今日はオープニングトークで言ってたんだ」

「知らないって、そんなの……」

奏はまだまだ不満げな様子だ。ただ、俺としては奏の提案に、あまり積極的に首を縦に振りたくない理由があったのだ。

俺達《たち》は一緒に登校するとき、中三の途中まで俺が必ず先に待ち合わせに到着するようにしていたのだが、どうも向こうはそれが気に食わなかったらしく『待たせるのって嫌だから、響はあたしよりも後に来て』と言われてしまった過去があるのだ。

それ以来、俺は時間を調整して登校するようにしている。

奏は「めざましテレビ」を最後まで見終わってから家を出る。対して俺はその後番組である「とくダネ!」のオープニングトークを聞いてから家を出る。

これで丁度、俺達の家の距離的に良い感じに待ち合わせ時間が調整できた。

だが――

「(一時の寒さに惑わされてるな。少し気温が上がって寒さが気にならなくなったら、きっとまたすぐに俺を待たせるのが嫌とか言い出すだろうに……)」

容姿的にツンとして見えるが、奏は心優しい女の子だ。

ただ奏本人は自分自身が「他人に迷惑を掛けたくない」という点に重きを置いていることにあまり自覚的ではない。

だから、時々気の迷いでこんなことを言い出してしまう。

こんな風に「あたしより先に来てね」などと上目遣いで囁《ささや》かれたら、それに即答するのが彼氏たる者の甲斐性《かいしょう》だとは認識しているが……ここは応じるべきではないだろう。

奏のためにも。

「……はー。もういいよ。響のケチ」

面倒臭そうな表情を浮かべた奏がすいっと横断歩道を渡り始めた。いつの間にか歩行者信号は青になっていた。俺もすぐさま奏に続いた。

「響。手ー」

追い縋《すが》る俺の顔を見ようともせず、ぷらんと奏が左手を横に投げ出した。そして掌《てのひら》をパッと開く。細く、白い指先は言葉もなく俺に命令を下していた。

——握れ、と。

「ああ。すまない」

俺はいつものように奏の手を握る。これも中学からの習慣か。こんな些細《ささい》なことなのに、思えば随分と長く続いているような気がする。

白くて、冷たくて、スラッとした手。

小さい指。

それは昔からずっと変わらない。

「響《ひびき》の手、あったかいね」

少しだけ満足そうな笑みを浮かべて、奏が言った。

「奏の手は雪女みたいに冷たいな」

「そうだよ」奏が俺の方を見上げた。「だから、ちゃんと温めてね？」

「ああ、わかった」

「うん」

頷いて、奏は前へと向き直った。

それから校門に着くまで大した会話はなかった。

だが、いつもそんなものだ。昨日までの話題は家に帰ってからメッセージアプリで散々話しているのだから。

俺と奏が一緒に登下校を出来る時間はたった二分だけ。

その後は、幸い今は同じクラスではあるが、二人きりになれる時間は限られている。

少なくとも俺達が高校に通っているうちは、この習慣を変えたくなかった。

だからきっと、明日も俺は奏を待たせることになる。今までのように俺は「とくダネ！」のオープニングトークを見てから家を出るのだろう。

奏は明日も唇を尖らせ、俺に不満を言うはずだ。

けれど、その方がいい。俺が後から到着した方が、俺達二人の関係は上手《うま》くいく。

それも昔から変わらない。

きっと、これからもずっと。


そして俺と奏はあっという間に市立八王子高校《ハチコー》に到着した。

俺達が間接的に所属する「徒歩組」の生徒はハチコーの九百人近い全生徒の中でも二十人足らずだが、この辺りから「自転車組」と「電車組」が通学路に合流する。

徒歩組というのは、言うなればほぼ全員が「ご近所さん」だ。

学年の違う一、三年生ですら小中からの顔馴染《かおなじ》みばかりであり、向こうは向こうで俺と奏のことなど見慣れている。

だが、他の組の連中は違う。

どうやら――俺と奏の登校姿は中々の見世物らしいのだから。

「うわっ、ヤバっ……！」

「響さんと奏さんだ！」

「今日も響さん、カッコいい……」

「あれ？　なんかいつもより背が高く見える……」

「伸びたんじゃない？」

「そうかも。今、何センチあるんだろう？」

「一八〇……五とか!?」

「いやいや！　絶対にもうちょっとあるって！」

まるでどこかのアイドルのような扱いだが、もちろんそんなわけがなかった。

大体、この子達のクラスにだって俺より間違いなく背の高い、バスケ部やバレー部に所属している男子は誰かしらいるはずなのだ。

もし彼らがこの子達の眼中にないのだとしたら……少し不健全だ。

学年の違う俺よりも、もっと身近なクラスメイトに興味を持ってもらった方が彼女達の学園生活はもっと色鮮やかになるだろうに。

「ま、待って！　奏さんの鞄《かばん》、今月号の『ＣＯＲＡＬ』で使ってた奴《やつ》じゃない!?」

「ウソ!?　じゃあ私物使ってたってこと!?」

「いや、雑誌で使った奴を買い取ったんじゃない？」

「で、でもすごいよね。あの鞄が『ＣＯＲＡＬ』に載ってるような服でも、制服でも似合っちゃうデザインだったなんて……！」

「というか、衣替えで通学鞄も替えるものなんだ……」

「う、うん。そこまで気付けなかったよね……」

近くにいた一年生の女子達が仲間内で物凄《ものすご》い勢いで盛り上がっているが、さすがに近距離過ぎてこちらにも丸聞こえだった。

だが奏の鞄にまで気付いたのは中々熱狂的と言える。

奏《かなで》は衣替えに伴って、スクールバッグも先週までとは違う物を使っている。

洋服に合わせて鞄を替えるのは女性としてはよくあることだろうが、学校の鞄にまでその意識を巡らせるのは少し上級者かもしれない。

ちなみにハチコーは通学鞄のメーカー指定がなく、デザインが華美過ぎないという前提でショルダー、もしくはリュックサックのどちらかならば、生徒が自由に選択することが出来る。

ただ、自由というのは概して半端に許される方が難易度が上がるものだ。

生徒達（まぁこれは主に女子だけだが）のスクールバッグ選びは生徒指導教師、そして周囲の女子の視線とのせめぎ合いなのである。

そこで彼女達はどうするのか？

——イケてる生徒が使っている物を真似《まね》するというわけだ。

「奏。その鞄、いくらなんだ？」

「六千五百円」

奏は即答する。その淀《よど》みない回答に俺は少し感心して、

「いつものことだが、よく値段まで覚えてるもんだな」

「だって大切な商品だもん」

自身の肩からぶら下げたフェイクレザーの黒いショルダーを見下ろし、奏がため息を漏らした。

「モデルなんだから雑誌で自分が使った商品の値段を把握しておくのは当然だよ。それに一万円超えてたら、良い奴でも他のに変えるって決めてるから。あまり高い物をみんなに買わせるわけにはいかないでしょ？」

「多いもんな。奏と同じ鞄を使ってくれる子達」

「うん」

奏が少しだけ笑った。「とっても嬉《うれ》しいよ。お仕事していて良かったなって思う」

「ちゃんとみんなに配慮してて偉いぞ」

「珍しく褒めてくれたね。ポイント高いよ」

「俺も偉いだろ？」

「うん」

ここで奏の頭の一つでも撫《な》でてやりたい気分だったが、さすがに周りの視線が凄いことになりそうなのでやめておいた。

もはや言う迄《まで》もないだろうが奏はハチコーの女子スクールカーストの最上位に君臨しており、この鞄選び戦争における「模範解答」の一つとされていた。

容姿端麗、スタイル抜群の読者モデル、そして何より——十六歳の女子とは思えない大人びた佇《たたず》まいが他者を惹《ひ》きつけて止《や》まない。

本来ならば、ここに賛美系四字熟語のスターターキットとして「文武両道」とか「才色兼備」とか「頭脳明晰《めいせき》」辺りも付けたいところなのだが、実際のところ奏の運動神経は大したことないし、勉強は普通に出来ないので除外とする。

だが、そんなことはどうでもいいのだ。

奏の「女子ウケ」は最強だ。

女子のカーストは運動と勉強の貢献度が著しく低い。ガチ系の運動部に所属しているだけでゴリラ扱いされ、真面目に勉強しているだけでガリ勉扱いされる世界だ（もちろん奏が運動音痴かつ勉強嫌いなのはキャラ作りではなく、素の実力なのだが）。

この分野で特に評価される要素といえば――

「あっ。奏と響だ。二人とも、おはよー」

――おしゃれで、かわいくて、流行に強いと相場が決まっている。

「静玖《しずく》。今日は早いな」

「そうだね。いつもは遅刻ギリギリなのに……」

俺と奏のことを遠巻きに見ている生徒ばかりだった状況が一瞬で切り崩された。現れたのは俺達のクラスメイトであり、普段からよく一緒にいる仲間の一人……。

名前を千代田静玖《ちよだしずく》という。

「もう、そういうこと言わないでよォ。だって今日は特別な日じゃん？」

静玖は口元に手を当てて、声を潜めた。

――千代田静玖はまさに奏と対極に位置するようなタイプのカースト上位女子だ。

奏はバリバリのモデル気質で、高身長スレンダー系。

モデルとしてのファンもほとんど女子だけなので、特に異性に対しては俺以外のことなんてほとんど目に入っていないんじゃないかという態度を日常的に取りがちである。

いわゆる「高嶺《たかね》の花」系の女子というわけだ。

一方で、静玖は違う。

静玖は奏よりも圧倒的に明るく、コミュニケーション能力に長《た》けている。話題が合いそうな相手だったら誰にでも気兼ねなく話しかけるタイプである。

顔立ちも可愛《かわい》い系と美人系の間ぐらいで、もしも静玖が業界に興味があったならイマドキのアイドルとしてテレビに出ていてもおかしくはないはずだ。

実際、今の「内緒話をする」的な動作一つとっても、全く同じことをテレビ画面越しにやったら、全国にいる無数のアイドル好きが一瞬で彼女に夢中になるであろうことは疑いようがない。

静玖は些細な仕草一つ一つが妙にオーバーだ。その辺りからもテレビアイドル的な要素を強く感じる。こんな子が学校にいたら、人気者になるに決まっているのだ。

事実、静玖は少なくとも二年の女子の中ではブッチギリで男子からの人気は一番だ。

ちなみに我らが牧田《まきた》奏はというと……彼氏《かれし》持ちという大きな問題もあり、密《ひそ》かに好意を寄せている——という話はほとんど聞かない。

ただ、俺は強く思う。

奏がソロであったとしても、この差は大して埋まらなかっただろうし、静玖に男子の人気で勝つことは不可能だったに違いない、と。

そこには性格や顔面の美醜を超えた本能的な理由がある。

そう、千代田静玖の最大の特徴といえば――

「『衣替え』だよね？　今日遅れて登校したら、夏服の用意を忘れてたみたいでカッコ悪く見えちゃうし――っていうか、あーっ！　奏、その靴！」

「……あ、わかる？」

「ううん、ブランドは知らないけど新しい奴だね。撮影で使った奴？」

「そうだよ。『VICTORIAS《ヴィクトリアス》』の新作」

「あ、よく『CORAL』に載ってるヴィクシーみたいな名前のブランドだね。へぇー、奏にすごく似合っていいね！」

「うん、ありがとう。あ……静玖が持っているのも先週までと違う靴だね。知らなかったよ。新しいの準備してたなんて――え？」

「フフフ……気付いてしまわれたようですねぇ？」

言いながらニコニコ顔で静玖は身体《からだ》を捩《よじ》って、肩に掛けていたスクールバッグを奏に見せつけた。

そして、それと一緒に、ばるんと揺れた。

――単なる「アイドル」ではなく、「グラビアアイドル」としても一線を画すような学生としては規格外の巨乳が。

「うん、わかるよ。これは『LOW《ロウ》 LOVE《ラブ》』が今年の一月に出した新作で……その素材違い。限定スペシャルエディションだね……！」

　押し殺すような声で奏が答えた。すると静玖が感心した様子で、

「おー、さすが奏！　見ただけでそこまで分かるんだ！っていうか……何気に限定品なんだね、コレ」

「え……な、なんで知らないの？」奏がびっくりした様子で言った。

「だって私が買ったわけじゃないもん。もらい物なんだー」

「……」

　奏が頭を抱えた。そして押し潰したような声で尋ねる。

「……ちなみに、静玖はこの鞄っていくらか知ってる？」

「九千円でしょ？」静玖がサラッと答えた。「値札は付いてなかったけど、公式サイトだとそうなってたよ」

「違う……」

「え!?」

「…………それは多分、合皮で出来た奴の定価。それでも今は数が少ないから中々買えないはずで、相場だと多分二万円くらいする。しかも、静玖が持ってる奴は限定品で本革製だから……更に値上がりして五万円」

「ご、五万ッ!?」

静玖が身体を震わせ、動揺を露《あら》わにした。

――そして、それと同時にやはり静玖の大きすぎる胸が揺れた。

「……」

隣にいた俺も、もちろんその額に驚いてはいた。

だが俺の視線の行く先は、静玖とは違った。

俺の視線は鞄の次に夏服のせいで生地が薄くなったが故に、更に強調されてしまっているハチコー随一のバストサイズを誇る千代田静玖の胸元に注がれ――

最終的に、そんな静玖の胸部を堂々とチラ見しながら校舎へと向かう男子生徒のところまで辿《たど》り着いたのだった。

「（……まったく。せめてもう少し気付かれないように出来ないのか。静玖が気にするだろう……）」

俺達《たち》は立ち止まって話していたため、登校中の何人もの生徒達に追い抜かれてしまっていた。

そんな中――丁度、男子生徒の集団が、静玖の胸元に対して、露骨すぎる眼差《まなざ》しを向けながら通り過ぎるところを目撃してしまったのだ。

こんな場面に出くわしては、黙認は出来ない。俺はさりげなく自分の立ち位置を改め、その男子生徒達の視線から静玖をシャットアウトした。

彼らは露骨にガッカリしたような表情を浮かべ、去っていった。

「（何が何でも見るな、というのは酷なんだろうが……）」

事実——千代田静玖はあらゆる男子にとって、まさに煩悩を司《つかさど》る神・マーラのような存在だった。

彼女はその存在だけで周囲の男の煩悩を掻《か》き乱す。

無自覚に、無邪気に。

無節操に。

だが、いくら彼女が魅力的な少女であるとはいえ、男達が青臭い欲望をそのまま視線に乗せてぶつけたとしたら、それを静玖はどう思うだろうか。

——キモい、と思うはずだ。

彼らの行動を、本能を俺は同じ男として否定することはしない。

ただ、言いたいことはある。

——少しは自重しよう、と。

さすがにこれを言語化する機会はないので、こんな風に行動で示すことしか出来ていないのを歯痒《はがゆ》く感じるわけだが。

と、一瞬、俺の頭の中から通学鞄《かばん》の話題が消え、あまりに無防備な静玖を欲望の視線から守ることに意識が注がれてしまっていたが……当の本人である静玖はそんなこと今は全く気にしていない様子だった。

静玖が震える声で言った。

「ええええ……ご、五万もするのこれ……」

ドン引きした様子で静玖は通学鞄を両手で怖々と持ち上げ、まるで高価な壺《つぼ》でも眺めるかのように様々な角度から覗《のぞ》き込むように吟味する。

だが、そもそも妙な話だ。

自分が持って来た鞄の値段を知らない？　それは何故《なぜ》？

「静玖。その鞄のことなんだが……どうやって手に入れたんだ？」

俺は尋ねた。

「プレゼントされたの」静玖が言う。

「なるほど。誰からだ？」

単に「千代田」と聞くとロイヤルなイメージも強いが、それでも五万の鞄がポンと買えるほどの金持ちではない。確か食パンだけを専門で売っているパン屋のはずだ。

誕生日プレゼント？　いや、だが静玖の誕生日はもう少し先のはずで――

「これはパパからもらったの」

パパ。

なるほど、父親からの贈り物――

「あっ。もちろん、パパ活的な意味じゃないよー」

だと俺は当然解釈していたというのに。

静玖がご丁寧に不必要な補足をしてくれた。

俺は呆《あき》れながら答える。

「……安心してくれ。その可能性は特に考慮していなかった」

「あれぇ？　そうだった？」

「当たり前だ。というか……そのお決まりのネタ、やめないか？」

「そうは言われましてもですねぇ」

静玖がにこりと笑う。「私がそういうことは絶対にしない女の子だって、ちゃんと日々更新して発言していく必要があると思うわけなんです。フフ」

──千代田静玖は、甘いだけの女じゃない。

静玖は時々サラッと爆弾発言や罵詈雑言《ばりぞうごん》をぶっ込む悪癖がある。

まさにそれも「煩悩神マーラ」に近い秘めたる凶暴性であり、ただの綺麗《きれい》な花ではなく、毒花を思わせる危険性の表出でもあった。

ちなみに静玖の口から「パパ活」という単語を聞くのは初めてではなく、少し前にクラスの某女子に『千代田ってパパ活やったら凄《すご》い稼ぎそうだよね』などと陰口を叩《たた》かれているところに俺達三人が遭遇して以来、あえてネタとして使うようになったという経緯がある。

つまり、これは俺達にだけ通用する「内輪ネタ」の一種なのだが……もっぱら好んでネタにしたがるのは静玖だけで、俺と奏《かなで》にはあまりウケていないというのが悩みの種でもあった。

「……ええと、お父さんからもらったモノなんだね、それ」

奏が無理に話題を転換させた。ものすごく困った顔をしていて、一刻も早くパパ活ネタから離れたいという心情がモロに出ていた。

「でも、それにしては高すぎると思うけど……誕生日、まだだよね？」

「うん。九月」

「じゃあ、なんでそんな……？」

「昨日あった競馬が当たったとかで、そのお金で買って来てくれたんだよねー」

「け、競馬……？」

予想もしていない単語が出て来たせいか、奏が固まってしまう。

なるほど、競馬か。

そういえば今朝のスポーツニュースでもレースの話題が出ていた気がする。ということは何らかの重賞が昨日開催され、静玖《しずく》の父親は見事馬券を的中させたということか。

静玖が得意げに続ける。

「うちのルールで、パパは競馬で当てた金額のうち、何割かを私とママに還元しなければいけないことになっているのです」

「中々厳しいルールだな。静玖のお父さんも少ない小遣いでやっているだろうに……」

「いや、お店の売り上げ持ち出して使ってるから当然だよ」

「えええ……」

　奏が明らかにドン引きした声を上げた。奏は「とある事情」のせいで賭博に関しては相当潔癖な性格で、パチンコも競馬も完全ＮＧだ。俺も可能な年齢（パチンコは十八歳、競馬は二十歳からだ）になっても絶対にやるなと固く言いつけられている。

「でも結構上手《うま》いんだよ、うちのパパ。大体収支プラスだもん」

「儲《もう》けが出てるのか」

「うん。まぁ赤字だったらママも私も許さないしねー」

　むしろ配当金の還元ルールよりも、店のお金に手を付けないルールを家庭内で作った方がいい気がしてならない。

　ただ、この話のおかげで通学鞄の謎が解けた気がした。

　つまり昨日のレースで静玖の父親は、五万の鞄をポンと娘にプレゼント出来るほど大勝したということだ。母親にも同等の贈り物をしていると考えれば、静玖の父親は店の売り上げに手を付けるのを見逃されるだけの競馬の腕前の持ち主と見て間違いない。

　だが――

「（つまり数十万の勝ちってことだ。素直にすごいと思うんだが……奏はそうは思わないだろうな）」

　先程からブスッとした表情を浮かべている奏のことを考えると、俺が易々《やすやす》と静玖に同調するわけにはいかなかった。奏が低い声で言う。

「私は……ギャンブルで勝ったお金で贈り物をするとか、あまり好きじゃないけどね」

「そう？　一応、公営だよ？」

「だとしても、良い気分じゃないよ」

「えー。でもさァ。奏の芸能事務所の先輩だって、結構競馬のＣＭとか出てない？　あれもダメ？」

「それは……そ、そうかもしれないけど……」

痛いところを突かれて奏が目線を逸《そ》らした。

静玖は色々と抜けた性格だが、実際はかなり論理的な思考をするリアリストだ。

一方で奏は根っからの感情優先タイプなので、ひたすら衝動的に話す。そのため静玖と意見が食い違うと、大体一瞬で論破されてしまうのである。

良くない流れだな、と俺は思った。

こんなことになってるのも、奏が賭博を毛嫌いしている理由を静玖が知らないことが原因だ。だが、逆にそれを話したら……おそらく静玖は、奏にこの手の話題を振ったことをガン謝りすることになってしまうだろう。

これは少しディープな話題なのだ。

——話題を変えよう。

「二人とも。それよりも大事なことがあるぞ。静玖の鞄を買った手段よりも、今はそんな値段の鞄を学校に持ってきたことについて話すべきだ。違うか？」

「鞄の値段……？」静玖が首を傾《かし》げた。

「そうだ。五万の通学鞄なんてもの、生徒指導が見逃すと思うか？」

「ハッ――!?」

静玖が目を見開き、呆然《ぼうぜん》とした面持ちで『LOW《ロウ》 LOVE《ラブ》』のロゴを見下ろした。そのまま慌てた様子で言葉を紡いだ。

「で、でも、知ってて持って来たわけじゃないし！」

「それは生徒指導には通用しないな」

「パパが値札を捨てちゃったのが悪い！」

「それは……ある意味で親心じゃないか？　値段を言うと静玖は学校に持っていかないだろうし。プレゼントしたなら出来るだけ使ってもらいたいものだろ？」

「いや、その気遣い要らないよ、パパー！」

静玖が頭を抱えた。

そう、この状況は良くないのだ。今日を乗り切れば、静玖はこの鞄を家に持って帰ることが出来る。好きなだけ父親に紛らわしい誤解を受けた恨《うら》み辛《つら》みを吐き出せばいい。

だが、もし教師から指導を受けてしまったら？

――父親からもらった大切なプレゼントを没収されかねない。

「（それは、ダメだ）」

まだ俺の脳裏には、さっき静玖が新しい鞄を俺達に見せびらかして来たときの嬉《うれ》しそうな笑顔が鮮明に残っている。

その輝きを、闇に染めるわけにはいかない。策を打つに越したことはないだろう。

「静玖。教室に入ったら、その鞄、机に掛けないですぐにロッカーに入れておくことって出来るか？」

俺はすぐさま静玖に耳打ちをした。

「へ……で、でも、それじゃあ不便だよ？」

「それはそうなんだろうが——俺に考えがある」

まっすぐ静玖の大きな瞳を見つめる。静玖は小さく息を呑《の》んだ。幸い俺がネタではなく「本気《ガチ》」で言っていることが伝わったようだ。

「う……うん！　わかった……響《ひびき》の言う通りにする」

「助かる。損はさせない」

俺は頷《うなず》いて、静玖から身体《からだ》を離した。

少しだけ、面倒なことになった。千代田《ちよだ》静玖は男の煩悩を刺激し、そして悪辣な毒を兼ね揃《そろ》えているくせに割合、隙の多い女だ。

つまり男子の人気は飛び抜けている。

それと比例するように——途轍《とてつ》もなく女子の敵も多いのである。

そう、敵だ。

ここは戦場でも異世界でもない。ただの学校だ。そんな場所に出て来るにしては、多少不穏な単語かもしれないが、実際にエンカウントするのだからその存在は無視出来ない。

ハチコーは万魔殿だ。

幸いにも魔王はいないが、敵ならわんさかいる。

後にも先にも静玖の輝きに傷を付けようとする厄介者は後を絶たない。そんな輩《やから》から彼女を守るのも俺に課せられた大切な使命の一つだ。

▲　△　▽　▼

「え、ええと……だな……」

それは俺がちょっとした策を講じた後、教室に駆け込み、ロングホームルームが終わった直後だった。俺達《たち》のクラスの担任を務める国語教師である小野寺《おのでら》が、なぜか唐突にフリーズした。

「ん……？」

もちろん俺はすぐにその異常さを感じ取る。

小野寺は正式に採用されてから二年目の若い教師だ。面長で眼鏡を掛けていて、今はバレー部の顧問を務めている。

教師としては、あまり評判が良くない。

特に女子からの評価は散々だ。

奏は小野寺のことを『あたしをめっちゃ警戒してて、話すとき、いつも震えてる』と評するし、静玖は『小野寺先生って、女の子が怖いのかもねェ』と、しんみりと確信的に言い放つし、もう一人の仲の良い女子である薬師寺《やくしじ》ココは『先生がワタシのことだけ名前で呼ぶのに違和感があるの……』と顔を曇らせていたのが妙に印象に残った。

俺はというと――いや、コレは言わないでおこう。

小野寺の俺への困った接し方も、実はスクールカーストに関わる問題の一つだと思っているからだ。

「ち、千代田！」

――そして凍結は終わりを告げる。

小野寺先生が意を決したような表情で声を張り上げた。拡散していたクラス中の視線が再度、教壇の前にいた先生に戻って来る。

小野寺先生は言った。

「ええと……昼休みに生徒指導室に来るようにって、蓮沼《はすぬま》先生が言ってたぞ」

瞬間、二年二組の教室の空気がザワッと逆立ったように感じられた。

生徒指導室。

学生にとって決して穏やかな単語ではない。

「は!?　な、なんで、私が……!?」

跳ねるように席から立ち上がった静玖が小野寺先生に尋ねた。

「い、いや、俺に言われても……」

「でも先生に聞かないとわかんないじゃん！」

「う……」

小野寺先生は静玖から一瞬視線を外し、困り果てた様子で続ける。

「た、たしか、鞄《かばん》に問題があったとは聞いてるけど……」

「……！」

その単語を耳にして静玖が息を呑み、ちらりと俺の方に視線を寄せる。

目と目が合った。

こうなることは予想していた。そのための対応策も整えてある。俺は小さく首を縦に振る。静玖も僅かな首肯で応じた。

そして視線を戻した静玖が豊かな胸を張り、静かな声で言い放つ。

「鞄ってコレのこと？」

静玖が机の横に掛けてあった鞄の取っ手を摑《つか》み、それを顔の前に掲げた――ナイロン製の学校標準品のスクールバッグを、だ。

「へ……あれ？　え？」

小野寺先生が目を見開いた。

首をキリンのようにクッと少し前に突き出し、眼鏡のブリッジを指で押し上げる。

「ふ、普通のカバンじゃないか……」

「でしょ？　私、なにも悪いことなんてしてないよ」

「そうみたい……だな」

静玖《しずく》が持ったスクールバッグを三度見ほどしてから、またしても小野寺先生が停止した。

「そ、そうか……うん……うん……」

要領を得ない呟《つぶや》き。あたふたと散らばる視線。

停止ではなく、これではもう故障《ショート》だ。

しかも、だ――そのとき、小野寺先生の視線が俺の方にずいっと寄せられたのである。

……参ったな。こうなるか。

「小野寺先生、いいですか」

「あ……」

声を掛けると先生が弾《はじ》かれたように、顔を上げた。

――縋《すが》るような、媚《こ》びるような瞳で。

「静玖はこう言ってますし、一度、蓮沼先生に事実確認をした方がいいんじゃないでしょうか。多分、見間違いなんじゃないかと思うんですが……」

「な、なるほど……蓮沼先生に……」

「はい。ここで考えても何も分からないと思いますし」

「そ、そうだな！　すまない、月村《つきむら》！」

小野寺先生が大きく息を吐き出した。

「え、ええと……わ、悪かった、千代田。は、蓮沼先生に訊《き》いてくる……。そうだな、多分、報告してきた生徒の見間違いだろうって俺の方からも言っておく……！」

息継ぎなしでそう告げると小野寺は教科書を抱えて、逃げるように教室から出て行ってしまった。

今日は六月上旬だが、気温はまだまだ低い。けれど横目に見た小野寺の頬は夏に魅入られたかのように赤くなっていた。

「………はぁ」

小野寺は俺に積極的に媚《こび》を売ってくるし、こちらの発言を基本全肯定する。

理由は、俺がこのクラスのスクールカーストの頂点にいるから。

彼は、とりあえず俺の言うことに従ってさえいれば、ある程度はクラスの雰囲気や自分への評価が担保されると思い込んでいる。

だが、最近ではその傾向がエスカレートして、クラスで問題が起こる度に小野寺は自分で考えるのではなく、俺が何かを言うの待つ——完全な「指示待ち状態」になってしまった。

そうすれば波風立たずに、様々な問題を処理出来ると知ってしまったから。

小野寺は自ら率先してスクールカーストに自身を組み込み——生徒の真下に滑り込んで来るタイプの教師なのだ。

「（処世術といえば、そうなんだろうが、な）」

それもこの学校という空間で教師として生きていくための技術なのだろうか。自分よりも七つ年上の立派な「大人」の姿を見て、俺は少しだけ暗い気持ちになった。

小野寺が出ていった数秒後、時間が止まっていた二年二組の教室は再び喧騒《けんそう》を取り戻していた。

「あっぶなー！　ほ、本当に響の言った通りになった！」

渦中の人物であった静玖が大慌てで俺の席まで駆け寄って来る。だが、それはあまり好ましくないリアクションだ。

俺はすぐさま指先を唇に当てて、静玖を落ち着かせた。

「静玖、声がデカい。それだと『私はやっぱり悪いことをしてました』って告白してるみたいなもんだ」

「あっ……そ、そうか！」静玖がハッとした様子で口元を押さえる。「先生にあらぬ疑いを掛けられたって態度じゃないといけないんだ……」

「まぁ、実際は全くあらぬ疑いじゃないし、しらばっくれるのもそれはそれで……小野寺先生に申し訳なく思わないといけないだろうけどな」

「う、うん、そうだね……」

静玖が表情を曇らせる。

結果的に、俺達はちょっとしたトリックで追及を免れたわけだが、クラスメイトの前で静玖に声を掛けた小野寺には恥を掻《か》かせてしまった形になる。

後味は決して良くないし、武勇譚《たん》にするべきでもない。

——本当は、より良い解決策があったのでは？

それこそ誰も傷付けずにオチを付け、綺麗《きれい》に物事を解決する——今、最もウケる漫才師達が得意とするようなやり方が、どこかに、きっと。

「（……まだまだ、俺も未熟だな）」

静玖は無事に追及を切り抜けたが、小野寺だけは損をした。

後味の悪さを拭いきることは出来ない。

「静玖。次からはお父さんにプレゼントの値札はちゃんと見せてもらった方がいいぞ」

「うん。絶対にそうする……」

「ちなみに、お父さんが競馬でいくら勝ったかは教えてもらってるのか？」

「まさか。レジから抜いたお金だけ戻して、あとは……どうしてるのかなァ。そうか、だからパパってば値札捨てちゃうのか……な、なんてずるい大人なの……!?」

「……それも含めて家族会議は必須だな」

「そうだね！　絶対に今日やるよ！」

決意を新たに、ギュッと静玖が固く拳を握り締めた。おそらく今夜、千代田家では血の雨が降ることになるだろう——

と、そこに見知った面々が駆け付けて来た。

「やっぱり、変なことになったね」

最初に口を開いたのは同じく事情を知る奏《かなで》だった。ハイトーンに染めた茶髪を靡《なび》かせながら現れた奏は腕を組み、ギッと渋面を刻む。

喩《たと》えるなら「静かな怒り」だ。

元々クールな印象の強い奏が重々しい口調で話す言葉には、それだけで場の空気を締め上げる効果がある。

「うちの学校、ブランド物が完全NGってわけじゃないけど、バッグは厳しいね。目立つからすぐバレちゃう。っていうか、値段がバレるとチクリやすいんだよね」

「反省しております……。すぐ隠したのに、奏以外にも『LOW《ロウ》 LOVE《ラブ》』の鞄の値段を一瞬で見抜ける子がいるとは……」

静玖も奏に合わせるように腕を組んだ。

奏がやったときは威圧感が三倍増しになるだけだったが、同じポーズを胸部が豊かな静玖がやると、そこはかとないエロスが漂うのだから不思議だ。

と、そこへ――

「シズクちゃん！　生徒指導って、なにかあったの？　大丈夫？」

「なぁなぁ、千代田《ちよだ》。そのカバンって学校標準品の奴《やつ》だよな。オマエ……なんでそんなの持ってんの？」

――俺達《たち》の周りに、更に人が集まって来たのだった。

やはり一瞬の出来事とはいえ、生徒と教師がバチバチにやりあった上に、いくつか不穏なワードが飛び交っただけはある。注目度は抜群だったらしい。

現れたのは女子が一人、男子が一人。

どちらも、いつもこのクラスで俺と奏が一緒にいることの多いメンバーだ。

女子の名前は薬師寺《やくしじ》ココ。

男子の名前は藤代亮介《ふじしろりようすけ》。

やはり、俺達と同じく、このクラスのカースト最上位に——自然と位置するようになった二人である。

「ちょっとな。静玖がウッカリしてて、衣替えに合わせてちょっと高いブランドバッグを持って登校して来ちゃったんだよ」

事情を知らない二人のために俺は説明することにした。

亮介が少し驚いた様子で、

「ブランド物のバッグかぁ。ヴィトン？　エルメス？」

「いや。そういうイカニモ系じゃなくて、ちゃんと外見は通学鞄としても通用する奴だ」

「へー。女子が持ってる鞄にもブランド物ってあんのな。いくらぐらいの奴？」

「五万」

「……おいおい、そりゃやたけーだろ」

亮介が顔を顰《しか》める。

「五万って。オレの鞄とか二千円だぞ。いくら女子だとしても、いやいや……五万って。つーか普通、五万あって学校に持っていくためだけの鞄買うか？」

「亮介、あんた金額言い過ぎ」

静玖が呆《あき》れた様子でツッコミを入れた。

「いや、だって五万だぞ……？」

「時給千円で五十時間働けば買えるけどー？」

「オレはそれだけ時間あったら、踊ってからＡＰＥＸ《エーペックス》やるよ」

「……はー。男子はそのゲーム、ホントに好きだよねぇ」

静玖が呆れるのも無理はない。亮介といえばまさに「ダンス」と「ＦＰＳ」だけで生きているような男子高校生そのものなのだから。

亮介は「市立八王子高校ダンス部」の二年男子リーダーだ。

練習が厳しいことで知られるハチコー・ダンス部だが、その息抜きも兼ねてなのか男子は部活が終わると部内の人間とＦＰＳばかりやっていることでも知られている（しかも単純な肉体的スペックが高い人間が多いこともあって、漫研やゲーム部の奴らよりもランクが上の奴も結構多いとのこと）。

もちろん、俺も多少はこの手のゲームを嗜《たしな》んでいる。ただ一言でＦＰＳと言っても完全に技術の応用が効くわけでもないのが難しいところだろう。俺はスマホのゲームが中心なので、亮介とコンソールでやるときはスクワッドの穴埋め程度の活躍しか出来ないのが歯《は》痒《がゆ》いところだ。

　静玖の指摘に亮介が悪びれることもなく答える。

「女子に白い目で見られるのは部内で慣れてるさ。けど、五万のバッグ持って来る方が周りの目は厳しいいんじゃないか？　どう考えても、そんなの学校に持って来たらすぐ噂《うわさ》になるだろ」

「はいはい。即チクられましたよー」

「……やっぱ、うちの学校の女子こえーな」

　亮介が顔を顰めた。

　――グループ外の人間からの密告。

　ハチコーではよくあることとはいえ、さすがにこのスピーディさは亮介も驚きだったのだろう。この容赦ないバチバチ感は圧倒的に女子の方が男子よりも強烈なのだ。

「でも、話は呑み込めたぞ。結局のところ、静玖が違法なバッグを持って来たのが発端ってわけだ。悪いのは静玖で、密告者にも正当性は有り、か……」

「はぁー？　反社会的なワードはやめてくださいー。私は『校則』に違反したかもしれないけど『法律』には違反してないんだゾ？　ついでに言うと、あの鞄《かばん》だって、持って来たくて持って来たわけじゃないんだゾ？」

　あえて変な語尾を使い、静玖が無駄に可愛《かわい》く言い放つ。

　だが内容はツッコミどころ満載である。

「いやいや……法律に違反する鞄持って来てたら、余計にこえーよ……。中に何が入ってるんだ、それって。それに持って来たくなかったってのも意味不明だし……」

「……いや、それは本当なんだ。静玖《しずく》が持って来たのは父親からプレゼントされた鞄で、本人も値段を知らなかったみたいでな」

「あ、そういうことか。それなら——」

次の瞬間、奏がぼそりと言った。

「でも、困ったことに静玖の鞄って、賭博で得た資金を元に購入された物なんだよね」

「な、なにぃっ——!?」

亮介が目を見開いた。

助け船を出した俺に続けとばかりに奏も会話に加わり、事実を補足したせいだ。

——言うまでもなく悪い意味で。

「………奏。紛らわしい発言はやめないか」

「だって事実でしょ?」奏が悪びれもせず言う。「立派な賭博じゃん」

「それはそうなんだが……静玖が誤解されるだろ?」

「いや、なんだか面白いから私的にもこの言い回しはアリだよ」

にやにやと楽しそうに静玖が笑った。

なんと本人のOKが出てしまった。

「と、賭博……」

「や、やっぱり危ない鞄なんじゃ……!?」

ちらりと見ると、やはり事情を知らない亮介とココは大いに驚いている様子だった。

まったく。

タチの悪い冗談は控えめにしてもらいたいものだ。

「二人に騙《だま》されるな。賭博といっても闇カジノとかじゃないぞ。ただの競馬だ」

「へ……？」

「競馬って……あ、もしかして安田記念？　昨日だったよね？」

納得した様子でココが尋ねた。

「や、やす……？　えーと、そうか。うん、その『安田』で合ってると思う」

静玖がこくこくと首を縦に振った。

「お父さんが大当たりして、その配当金で買ってくれたの」

「へぇー、そうなんだ。すごいね！」

「ココが競馬を知ってるのは意外だな……」

「そうかな？　少し前に競馬を題材にしたアニメに嵌《は》まって、それからちょっと勉強しただけだよ。あんまりその知識は活かされてないけど」

何故《なぜ》か遠い目をしてココがため息をついた。

諦めの境地に似た表情がどんな意味を持つのか、俺には理解が及ばなかったが――まぁ色々とあるのだろう。

とはいえ、この説明で静玖の鞄が怪しい資金を元に購入されたわけではないことは証明出来たようだった。

これには亮介も首を何度も縦に振り、納得した様子で、

「そうならそうと言ってくれよ。でも五万か……」

「亮介ってば、まだ言うのー？」静玖が金額に拘《こだわ》る亮介を白い目で見た。「ま、五万が高いのは同意だけどねー。うちの店の食パンなら五十斤も買えちゃう！」

「一個千円の食パンもヤベー値段だよ……」

「その分、美味《おい》しいからいいの！」

「そうなのか？　食パンなんて、どれも大して変わらないんじゃや……」

「は――――？　その台詞《せりふ》、パン屋の娘に喧嘩《けんか》売ってるよ？　うちの店、開店三十分前から行列出来るんだからね？　ミシュランの調査員が来たこともあるんだよ？」

「えっ。千代田の実家ってミシュラン載ってたのか……!?」

「……………いや、まぁね。調査員は来たけど星は取れなかったっていうかね。うん」

「なんだ。一つ星もないのか」

「『なんだ』じゃない！　一つ星あるだけでも超凄《すご》いし、調査の対象になるだけでも誇れることなのっ！　おわかりですか!?」

「は、はい……」

静玖の圧に負けた亮介が項垂《うなだ》れた。

実家愛が強い静玖にケチを付ければ、こうなるのは分かり切っていた。

とはいえ、いくら美味《うま》いとはいえ、食パン一斤千円はさすがに暴力的な値段だと俺も思うが……さてさて。

「——とにかく、だ。綺麗《きれい》な金でプレゼントしてもらった静玖の鞄はロッカーに隠してもらって、生徒指導が入る可能性を考慮して、俺が購買で替え玉のカバンを用意したってわけさ」

今回のトリックを説明口調で総括する。

すると止まった時は滑車を押したかの如《ごと》く、ゆっくりと動き始める。

「なるほどなぁ。けど、千代田はいいのかよ?」

亮介が訊《き》いた。静玖が無愛想に答える。

「いいって、なにが」

「さっきも聞いたけど……その鞄、女子は使わないのが掟なんだろ?」

「あー」

亮介の質問に静玖が面倒くさそうに、

「だって、仕方ないじゃん。替え玉に使えそうなのがこの鞄しかなかったんだし。クラスの子達のほとんどは、私がこの鞄を使うわけがないって気付いてただろうけど」

「そりゃあそうか。小野寺《おのでら》が生徒指導担当じゃなくて良かったな」

「うん。それこそ蓮沼《はすぬま》先生なら、この言いわけは通らなかったかもね」

――学校標準品の鞄を使う女子はクソダサい。

これこそハチコーに長年受け継がれて来た、スクールカースト文化を形作る負の伝統の一つである。

ブランド品の通学鞄は生徒指導の対象となる可能性があるものの、それとは別にハチコーの女生徒が伝統的に使用を自粛するアイテムがあった。

それが今回俺がカモフラージュとして使用した、学用品のカタログに載っているナイロン製のショルダーバッグである。

これを使っているハチコーの女子は問答無用で「イケてない」らしく、一発で「陰キャ判定」をされてしまう程の超破壊兵器扱いされている。

令和、平成どころか――昭和《親達》の時代から、ずっと。

だがこれは妙な話なのだ。他の学校ならば逆にモデルみたいな女生徒だって、全く同じ鞄を使っていたりするのだから。

だが、ソレはソレである。うちの学校の女子達だって、あの普通のスクールバッグのデザインに問題があるとは思っていない。

単にそういう慣習だから、NGというだけなのだ。

この伝統は一年生が入学した直後、伝染病のウイルスのように一瞬で女子生徒達に共有される。

そのため五月頃には全く友人がいない「ぼっち生徒」か、もしくはあまり言い方は良くないがスクールカースト最下層に位置している「底辺グループ」などを除き、標準品のスクールバッグを使用する生徒は絶滅するのが恒例らしかった。

と、そこで――ココが静玖の机の横に掛けてあった鞄を見つめながら、噛《か》み締めるように言った。

「むしろ……ワタシ的には学生が学校に持っていく鞄といえば、コレってイメージしかなかったよ。軽いし、頑丈だし、結構使いやすいんだけどな。そうだ。シズクちゃんも明日からワタシとお揃《そろ》いにしない？」

――数少ない、この鞄を現役で使用している生徒の意見を交えながら。

「い、いやぁ……それはご遠慮させて頂きたいかもですね……」

「えー。ダメなの？」

「だってさぁ。ココはあまりにも特殊過ぎるじゃん」

「うー。またいつもみたいにシズクちゃんがワタシを例外扱いする……カナデちゃん、助けてっ」

「ん……いや、さすがにココは例外かな。もはや存在自体が突然変異というか」

「ワタシ、モンスターじゃないんだけどなぁ」

「大丈夫だよ。ココは怪物系じゃなくて、むしろ妖精系だから」

「あとエルフだよね。ロード・オブ・ザ・リングに出て来そうな」

「妖精でもエルフでもないんだけどなぁ。耳も尖《とが》ってないし、羽根も生えてないし、ついでに弓も撃ったことないよ」

「練習すればいいじゃん。レゴラスみたいにさー」

「ワタシの方からエルフに寄せに行くのは絶対違うと思うよ、シズクちゃん」

などとふざけて、じゃれ合うココ達《たち》を見つめながら、俺も心の中ではおおむね静玖と奏《かなで》の言う通りだなと深々思っていた。

薬師寺《やくしじ》ココは、存在そのものが超特殊——彼女は、あまりにも衝撃的な美少女だ。

とにかく、単純に……顔が良過ぎるのだ。

困ったことに、それ以上の表現が出来ない。ココを目の前にすると、あらゆる造形を褒め称《たた》えるための語彙が脳内から死滅してしまうのだ。

故に、ココは大概何をしても許される。静玖ですら使用を躊躇《ためら》うナイロン製の通学鞄を常用しても、誰一人として彼女をダサいなどとは言わない。

実際、奏や静玖だって非の打ち所がない美少女のはずなのだが、それでもココは一つレベルが違うと思ってしまう。

あまりにも、飛び抜けた存在なのだ。

薬師寺ココという女の子は。

「——ん?」

そのときだった。俺は、とある違和感に気付いた。

「……」

今、俺達がこうして集まっている理由に改めて着目したい。

それは静玖のスクールバッグを巡って小野寺先生と一悶着《ひともんちゃく》あったからであり、その事情を知らないココと亮介《りょうすけ》がやって来て、俺達に説明を求めた——

そして女子三人はこうして依然としてスクールバッグの話題、そこから会話を派生させ、今は静玖がココに「ロード・オブ・ザ・リング」をいい加減に観《み》ろと力説している。

静玖はドラマと映画が大好きだ。

結構頻繁に静玖はココをエルフ扱いするのだが、その目的は回り回ってココに「ロード・オブ・ザ・リング」を布教するためだと俺は睨《にら》んでいた。

コレは彼女と趣味が似ている俺としても実に興味深い話題で、これに対してココは「三部作で全て三時間超えの映画なんて長過ぎる」「アニメになったら観てもいい」などと逃げ回っているが、そろそろ年貢の納め時のような気はしていて——

「…………」

ところがだ。

このとき亮介だけが、そんな話をしている彼女たちを見ようともせず、別のどこかに視線を向けていたのである。

「（どこを見ているんだ、亮介……？）」

——亮介の様子がおかしい。

俺は気付いた。亮介がまったく会話に入って来ない。

口から漏れるのは会話を本当にちゃんと聞いているのか疑わしい生返事ばかりで、意識が明らかに他の場所に行ってしまっている。

他の場所。このクラスの、別のどこかに。


「(うちのクラスは全部で三十二人……)」

月村響《つきむらひびき》。

牧田奏《まきた》。

千代田静玖《ちよだしずく》。

藤代亮介《ふじしろ》。

薬師寺ココ。

静玖のことを心配して集まって来た面々の中では、既にスクールバッグを巡る話は終了し、会話は新たな話題にシフトしつつある。

彼女が数分前に担任教師の小野寺先生と軽くやり合ったことなど既に過去のモノだ。

だが、一悶着があったことは確かな事実だ。

——だが、他の連中はどうだ?

——それを見て、他のクラスメイトは何を思った?

二年二組に所属する人間は全部で三十二人。今、ここにいる五人は事実上このクラスの中心人物とされることが多いが、それはこのクラスのすべて、ではない。

その驕《おご》りは、許されない。

静玖は衣替え初日のホームルームに混沌《カオス》を巻き起こした。

種明かしを仲間内で終えた俺達は勝手にスッキリしているが、その事実は決してクラス内に共有されていない。

このクラスには他にも二十七人の生徒がいる。

彼らの多くは未《いま》だに頭上にクエスチョンマークを浮かべている。そして各々俺達の会話内容をやんわりと気にした様子で、それとなく窺っているわけだ。

先程から数十の視線が普段より明らかに強めに、こちらに向けられているのを俺は見逃さなかった。

その方法は人それぞれ。自分の友人達と話しながら、心ここにあらずで時折、俺達の方をチラッと見てくる奴《やつ》らのほか、机にうつ伏せになって寝たふりをしながら俺達の会話を何気なく盗み聞きしようとしている奴もいれば、敵意剝《む》き出しで不満そうにこちらを睨みつけている奴もいる。

とはいえ、それがすべてではない。今日は病気で欠席している奴もいるし、おそらくこの後登校してくるであろう遅刻の常習犯だっているし、不登校の生徒も一人いる。

もちろん——俺達のことなんて全く気にしていない奴らもいる。

では、亮介が先程からチラ見をしていたのは、誰？

「(……意外なところを見てるな)」

俺は面食らった。亮介がじっと見ていたのは——

「ちょ、ちょっと待って……秋乃《あきの》！　もう一回言ってください！」

「うん、例のブツ——用意出来たぜ？　ほれほれ」

「竜瞳《リンドウ》君の限定ラバチャ引けたんですか!?　ママママ、マジで!?」

「うん。羽鳥《はどり》が欲しがると思ったから持って来たぜ。フフフフ……私のこの厚意に感謝してもしきれないなぁ？」

「ははーっ！　ありがたく頂戴致します！　是非とも、わたしと交換の儀を執り行って頂ければと……！　こっちは伊薔薇《イバラ》君、花楓《カエデ》君、あとは桜舞《オウマ》が一個ずつあって……あー、一応、楠乃木《クスノキ》なら五つありますよ！　どれがいいですか？」

「ちょっ……楠乃木五個って羽鳥、ガチャ運悪すぎじゃん」

「それなー」

「あたしなら既に捨ててるわ」

「いや、そんなこと言うと……殺すよ？」

「だっていらんし」

「し、仕方ないじゃないですか！　引いたら出たって言うか、わたしだって泣きそうですよ！」

「羽鳥、楠乃木に愛されてんじゃない？」

「いや、それマジやめてください。洒落《しゃれ》になんないんで……」

「そのマジ顔、草生えるんだけど。私だって楠乃木とかタダでもいらないし。ま、仕方ないから憐《あわ》れな子羊に情けをかけてやるよ、はい」

「へっ⁉　ちょっ……ま……タ、タダで良いってことですか⁉」

「うん、私は伊薔薇も花楓もいらんし。楠乃木はもっといらんけど」

「か、神ッ……！」

「せやろ？」

「神ッ！　神ッ！」

「デスノよりジョジョがいいなー」

「おまえの命がけの行動ッ！　わたしは敬意を表するッ！」

「……いや、そっちよりも『そこにシビれる、あこがれる！』でしょ、ここは」

「でも、こっちの方が好きなんで……」

「……………はー。羽鳥はそういうところあるよねぇ」

　――このクラスである意味、もっとも学校生活を楽しんでいる感すらある「オタク系女子グループ」の方だったからだ。

「…………」

彼女達は確かに日本語を話しているとは思うのだが、そのノリがあまりに独特過ぎて俺には理解が全く及ばなかった。

具体的な漫画の名前がいくつか出ていたところから察するに、その語録を使って会話しているのだろう。

ただ、それが本当に適切な使い方をされているのかどうかというと首を傾《かし》げるところはあるが……まぁ、そういうもの、なのだろう。

おそらくは。

「(見間違いではないみたいだが……?)」

しかし、今の問題は……亮介が何故《なぜ》、こんな独特過ぎるノリの彼女達の方をチラチラ見ているのか、ということだ。

亮介はダンスとシューター以外のことは全く興味がない男のはず。

そんなこともあって、ダンス部の役職持ちで、イケメンでスポーツ万能というスペックを持ちながら、亮介には女の噂《うわさ》が一切なかった。去年も俺達は同じクラスだったが、こいつが誰かに好意を持っていると聞いたことすらない。

亮介のことを好きな女子もたくさんいたと思う。しかし、その子達が亮介に想いを伝えてくることは一度もなかった……この理由はまた別の話になるわけだが。

「……ふむ」

俺は彼女達から視線を外し、亮介の表情を確認した。

――疑念は確信に変わった。

妙に忙《せわ》しなく、だが興味と関心に濡《ぬ》れた双眸《そうぼう》。落ち着かない口元。

亮介はただ彼女達の方を見ていたのではない。

明確に、その中の誰かの言動を追っているようだった。あのグループに所属する女生徒は四人。ならば亮介が気になっている相手はその中にいるはずだ。

だが、これはどちらにしろ――

「これは、ちょっと大変なことになるかもしれないな……」

思わず、俺は呟《つぶや》いた。

すると隣にいた奏だけが首を傾け、囁《ささや》くように俺に尋ねた。

「響、どうかした？」

「ああいや……ちょっとな」

「ふぅん」

奏が簡素な相槌《あいづち》を打った。「――顔、怖いよ」

「……いかんな。顔に出てたか」

「出てたってほどじゃないよ。あたしだから分かるってだけ」

「そうか」

「長い付き合いだからね。なにか助けがいるなら言ってね」

「ああ。そのときは頼む」

俺も小さく頭を下げる。

——これまで一切、浮いた話のなかった親友が見せた思わせぶりな態度。

本来ならば……俺はこの瞬間、笑っていたかった。

けれど今の俺はどうだ？

にこりとも、にやりともしていない——マジ顔だ。今の俺の推察が悪い方向で当たっていれば、このあと、相当に面倒な事態が巻き起こるのは間違いないのだから。

▲　△　▽　▼

その日、俺はそれとなく亮介の動向を探ることに終始した。

始業直前のタイミングで気付けたのは僥倖《ぎょうこう》だった。

とはいえ、亮介自身がその女子に直接アプローチをしたりすることはなかったので、亮介側に一方通行的な感情の変化があった……と推察される。

では次は、その人物が誰なのか、といえば……。

「(……桐谷羽鳥《きりたにはどり》か)」

うちのクラスのオタク系女子グループの人数は四人。結構変わった子達《たち》ばかりなのだが、その中でも一際目を引くのが、桐谷だった。

先程、亮介がチラ見していた面々でいうところの誰かといえば、一番大騒ぎをしていて、当たりのキーホルダーを他の女生徒からもらっていた子だ。唐突に命がけの行動がどうとかと文脈を無視した謎の絶叫をした子でもある。

しかし、それ以上に奇妙なのは……彼女がずっとマ、ス、ク、を、付、け、て、い、る、ことだ。

四月当初は花粉症の季節だったので、他にもマスクを付けている生徒は何人かいたため、特に気にしていなかった。

それから花粉のピークが過ぎ、マスクを学校に着用してくる生徒は一人、また一人と減っていき……五月に差し掛かった頃、最後に残ったのが桐谷だった。

俺は花粉症ではないため、今年は五月でも花粉が舞っているのかと思ったのだが――そのとき、ふと気付いたのである。

桐谷だけが、他の花粉症の生徒と違い、くしゃみを全くしていなかったことに。


そう、桐谷羽鳥は「マスクガール」なのだ。


彼女は毎日必ずマスクを着用して登校してくる上に、基本付けたまま、そして食事時にすら外そうとしない。

驚くべきことにモノを食べるときですらマスクをクッと上にずらして、そのまま食べるし、パックジュースに刺したストローを器用にマスクの間から通して飲んでいるのを見たときは、その徹底ぶりに少し感動してしまったくらいだ。

だが、日常的にマスクを付けることによる弊害もある。

まず桐谷はマスクに遮られる関係上、声が少し聞き取り難い。それが顕著になるのが授業中——教師に指名されたときだ。

高齢で耳が遠い先生も多いため何度も回答を訊《き》き返されるし、挙げ句の果てには一部の女子が『聞こえないんですけどー』などとタチの悪い野次を飛ばし、何度か教室の空気を凍らせたりもした（とはいえ、コレはもう過去の話だ。実は五月の頭ぐらいに授業中に変な煽《あお》りを入れるなと俺がその女子に釘《くぎ》を刺して以来、この悪質な野次は行われなくなっている）。

だが、それでも決して桐谷はマスクを外さなかった。

つまり、桐谷にはそこまでして素顔を見せたくない事情があるのだ。

女の子なのだから口元に何らかの火傷《やけど》や傷痕などがあれば、それを隠したくなるのは当然の感情だろう。

ところが——桐谷の口元には傷は一切ない、らしい。

これは以前、奏《かなで》が教えてくれたことだ。

昼食のときも、果てには体育のときすら（噂によると一年の水泳の時間はわざわざ耐水性マスクを持ち込んで着用していたらしい）桐谷羽鳥はマスクを取らないが、四月の身体測定の際、奏はたまたま桐谷と同じグループになり、そのときに彼女が医者にマスクを外すよう促された場面に遭遇したらしいのだ。

とはいえ、奏も桐谷の素顔を見たわけではない。

他の生徒は誰も顔を見ることは出来なかった。ただ担当医の反応的に、そこにエグめの傷痕があるわけではないと判断したようだった。

そうなると、そもそも何故、マスクを付けているのかという根本的な疑問が湧いてくるわけだが……？

「(傷痕がないにしても、見た目にコンプレックスがあると考えるのが自然か)」

考えながら、俺は空を見上げた。

少し肌寒い六月。

僅かに赤らみ始めた青色が橙《だいだい》へと変わって行く。また空気が冷たくなってくる。きっと明日も寒いだろう。

「あれー？　月村《つきむら》、ンなところでなにしてんの？」

そんなときだった。

不意に――俺に話しかけて来る相手が現れたのは。

「見ての通りさ。亮介《りようすけ》を待ってんだよ」

相手の顔を確認し、返答する。

我藤《がとう》か。

「リョースケ？　なんでよ。月村とリョースケって、つるむの学校だけっしょ？」

我藤が、にやにや笑いながら訊き返す。

俺は肩を竦《すく》めて、

「いや、十分プライベートでも仲良くさせてもらってる」

「ふぅん。どうせゲームでしょ。で、なんでわざわざ直《ちょく》で会いに来るわけ？」

「ゲーム以外の用事があるからな。亮介を拉致しに来た」

「へー。ちゃんと拉致れんのね。いいねぇ、男は」

「男は？」

「そー。アタシが誘ってもリョースケはいつもゲームやるからって断るし。あんなゲームのどこが楽しいのか意味わかんない」

忌々しげな表情を浮かべた我藤が強い口調で言った。

彼女の名前は我藤美紀《がとうみき》。

俺や奏と同じ、二年二組に所属するクラスメイトであり、そして同時にダンス部の二年女子リーダーを務めている。

つまり役職だけ見れば、二年男子リーダーである亮介と並び立つ存在というわけだ。

「(……役職だけなら、な)」

それが我藤美紀という女子を語る上で絶対に外せないポイントだ。

我藤は美人だ。ガッツリと美容院で巻いたウェーブのミディアムロングに涙袋を重視したアイメイク、肌はすっきりと白く、口元は瑞々《みずみず》しさをグラデリップで強調する。

服装は上が海外のアイドルグループのTシャツ、腰にジャージの上を巻き、下は膝下までを覆う同じ緑のジャージを穿いている。女子にしてはかなり上背のある我藤がそういう格好をしていると明確に「迫力がある」と感じる。

　俺ですらそう思う。同性、もしくは気の弱い男が我藤を目の当たりにしたら、どう思うか——怖い、と感じるだろう。

　そして、それは何も間違っていない。

　我藤は怖い女だ。

「仕方ないさ。男には男の付き合いってもんがあるんだからな」

「ふーん」

「それに今はゲームくらい誰だってやると思うぞ」

「えー、月村までリョースケの肩持つの？」

「そりゃあそうだろう。今時ゲームと一切関わりのない男子は、それはそれで珍しいと思うぞ」

「んー……まぁ、ツムツムとかならわかるけどさぁ。銃撃つゲームなんて大体オタクじゃん」

　我藤が目を細めた。

　中々に我藤は偏見が強い。単に銃を撃つゲームは他にも山ほどあるだろうし、更に言えば今、我藤がTシャツを着ているアイドルグループにもこの手のゲームを嗜むメンバーがいたはずだ。

まぁ、それを我藤に言うと「○○クンは別！」と言われそうだが。

これは亮介も苦労するわけだ。

「じゃ、アタシそろそろ行くわ。今日は男女別の練習だったけど、そろそろ男も終わるはずだし……ああ、そうだ。リョースケに会ったらついでに、いつもアタシが遊びに誘ってんだから、そろそろ一度くらいＯＫしろって言っといて」

「生憎《あいにく》と俺は自由恋愛推奨派でね」

「あっそう。つかえねー」

ケラケラ笑いながら我藤が背中を向けた。

そして我藤はあとは何も言わず、去っていった。ピリピリした空気が我藤がいなくなると同時に消滅するのを感じた。

知らず知らずのうちに周囲を威圧しているのか、もしくは意識的なのか。

「(間違いなく後者だろうな)」

よくもまぁ、亮介は我藤と同じ部活で日々を乗り切っているものだ。あの感じ、相当に強烈なプレッシャーを周りに掛けているだろうに。

「……さて、亮介を捜すか」

我藤美紀は俺達と同じクラスだが、普段からよく話す関係性にはない。

彼女は主に取り巻きの女子達と行動していることが多い。ヘッドの我藤とよく似た性質を持つ連中で、ハッキリ言って素行はあまり良くない。

——彼女達は、自分よりもカーストが下の生徒に対して高圧的な態度を取ることが多いのだ。

彼女達のよく使う言葉を借りるなら「いじり」という奴《やつ》だ。そのターゲットになるのは、クラスでも最下層に位置する女生徒達ばかり——例えば「オタク」とか。

「(もう我藤は桐谷《きりたに》に手を出してないはずだが……)」

妙な因縁を感じる。

少し前までの桐谷羽鳥は、指名されても、まともに回答することが出来ず、そこにクラスメイトから野次を飛ばされることがあった。

やれ早く答えろだの、マスクのせいで声が聞こえないだの、こんな問題もわからないのかよ、などと聞くに堪えない罵詈《ばり》雑言《ぞうごん》だった。

その野次行為を行っていたのが、我藤が率いるクラスのギャルグループだった。

最初は俺が取っていない選択授業内でぽつぽつと始まった行為らしく、気付くのが遅れてしまった。すぐに我藤に釘を刺して、やめさせはしたが……俺も火種が完全に消えたとは思っていない。

我藤は桐谷のことを心の底から見下している。

自分よりも下の存在、劣った存在であり、彼女に対して自分は何をしてもいいと思い込んでいるのだ。

だって、桐谷は自分よりも——スクールカーストが下の存在だから。

俺が彼女に何を言ったとしても、我藤は心の中で桐谷を見下し続けるだろう。

俺はただの人間で、超人ではない。

人の心を魔法や催眠術を使ったかの如《ごと》く、がらりと変えることは出来ないのだ。

なぜなら、そこにカーストがあるからだ。

我藤は桐谷は下だと確信している。この階層意識が――「負の三角形」が存在している以上、彼女の歪《ゆが》んだ心を変えることは難しい。


我藤が去ってから五分後。

ダンス部の連中に囲まれて、藤代《ふじしろ》亮介が姿を見せた。

「亮介」

「お、おー？」

俺の存在に気付いた亮介が少し驚いたような表情を見せた。亮介は部活動をやっているが、俺はバイトや諸々《もろもろ》の課外活動があるため、部活には所属していない。帰宅する時間がほとんど揃《そろ》わないので放課後に顔を合わせる機会は稀《まれ》なのだ。

「あれっ。月村さんじゃないですか。どーしたんです？」

「藤代さんに用事っすか？」

「暇ならこの後、一戦どうでしょう？」

と、顔馴染《かおなじ》みの一年達《たち》が俺に気付いて話しかけて来る。彼らとは俺もまた「戦場」で何度か死線をくぐり合ったり、また殺し合ったりした仲なのだ。

「ああ、ちょっとな。園田《そのだ》に勝俣《かつまた》に小林《こばやし》……一年ばかりか。他に二年はいないのか?」

「それが三年に連行されまして……」

「連行?」

「そーなんだよ。ちょっと女子の方と揉《も》めててさぁ」

亮介が苦笑しながら続ける。

「直近で、五人制のトーナメントダンスバトル大会があるんだけどさ」

「ダンス部の大会ってトーナメント制なのか」

「ああ。チームの人数とかにもよるけどトーナメント形式は珍しくないな。高校のダンス部で一番大きなダンスタっていう大会もトーナメント形式だし」

「へぇ……そうなのか。で、揉めてる理由は?」

尋ねると、その場にいた四人が揃って顔を歪めた。一瞬の間を置いて、亮介が絞り出したような声で言う。

「メンバーの奪い合い、というか……な。部員全員で出る部門もあれば、少人数でチームを作って出る部門もある。チームの方が、まぁ色々と……揉めてる」

「……それは穏やかじゃないな」

「そうなんだよ。男子はまったり思考というか、先輩達も似た感じなんだけどさ。女子が結構ガツガツしてて……」

「少しでも上に行くために、この時期になって男子を取り合っているんですよね……」

「それは普通に大問題じゃないか？　部外者が言うのもなんだが、男女混合の悪いところが出ているというか……」

チーム制のダンスとなればメンバーの息をぴったりと合わせる必要があるはずだ。

大会が近いタイミングで、こんな問題が起きるとは、笑い事では済まされない事態にまで発展する可能性もある。

「あっ……月村さん、誤解しないで欲しいんですが……うちのダンス部はゲームばかりやってるイメージですけど、ダンスの実力だって全国トップレベルなんですよ！　特に三年の人達はスゲェんです！」

「いや、それは知ってる。プロのスポーツ選手が試合の合間にゲームをやってるのは珍しくないしな。メジャーリーグとかだってそうだし。ちゃんと実力がある人間こそ、息抜きの重要性に気付いているし、それが許されるだけの結果を残してるわけだろ？」

「は、はい！　その通りだと思います！」

「じゃあ何も問題ないんじゃないか。誰かに言われてんなら勝手に言わせとけ。ちゃんと本番で結果を残せればソイツらも黙るだろうしな」

「……そうだと良いんだけどなぁ」

ぽつりと亮介《りようすけ》が呟《つぶや》いた。

俺もエールめいたことを後輩の小林に言いながら、ストレートにこの手の理想が伝わらないからこそ、こんなことになっているのだろうなと感じていた。

ハチコーのダンス部は男子の方が圧倒的にレベルが上だ。

よく各部活動の全国大会への進出や入選を祝う垂れ幕が校舎に掛けられていたり、全校集会で表彰されたりする。

そのとき、ダンス部も度々名前が挙がるのだが……実はそれはほとんど男子オンリーのチームなのだ。女子も混合チームならば時折名前が挙がることもあるが、その機会は男子に比べると圧倒的に少ない。

ちなみに部員は女子の方が断然多い。

練習量も女子が上で、ダンスに熱心なのも女子で、男子は練習が終わったら、どの学年もそそくさと帰宅し、銃を撃つゲームばかりして遊んでいる……。

だが、大会で結果を残すのは——男子ばかり。

それもあって、ダンス部の内部はドロドロである。先程、我藤《がとう》も男子がガンシューティングばかりやっていることを腐していたが、あの反応も我藤本人の性格に起因するモノだけではなく、女子部員内で共有されたイヤなムードが影響しているはずだ。

そんなこともあって部内の雰囲気に耐えきれず、男子部員は更にシューターゲームにのめり込んでいることだろう。

まるで『家庭の空気が悪すぎて家にいたくないからこそ更に不倫に走る夫』のような、

ある種の負の連鎖に酷似しているようだが。

「……ま、とにかく事情は承知した」

これ以上、後輩も巻き込んで辛気臭い話を続ける理由もないだろう。俺は話を切り上げることにした。

「この話はここまでにしとこうか。とりあえず亮介は借りてくよ。今日は一年だけのスクワッドでドン勝してくれ」

「……は、オレ？」

いきなり予定を入れられた亮介が面食らった様子を見せる。ただ、一年達の反応は早かった。彼らはすぐさま、それぞれ快活に頷《うなず》くと、

「はい！　わかりました！」

「月村《つきむら》さんもまた今度、機会があったら是非！」

「俺もか。でも、お前ら、荒野はあんまりって言うしな……」

「いやー、やっぱスマホはキツいっすよ。月村さんもパッドに慣れた方がいいですって」

「それは俺の今一番の課題だな。ゲーム自体がスマホのクロスに対応してくれたらいいんだけど」

「アハハ、それヤバいっす！　スマホなんて入れたら、今でさえどうしようもない民度が更にとんでもないことになりますよ！」

「Ｓｗｉｔｃｈを入れるよりマシだろ？」

「「ハハハ!」」

最後の俺の一言に、亮介達はドッと一斉に噴き出した。

個人的に、ダンス部の男子は気の良い陽キャ集団という感じで、中々こんなに奴らが揃ってる部活もないと思うのだが。

男女でそこまで温度差がある部活というのも珍しい気がする。

「(ダンス部自体が運動部としては超特殊な存在だからなのかもな……)」

ダンス部は男女が一緒に練習して、大会も男女混合で出場することが可能だ。両性が本当の意味で、同じ舞台で競い合える非常に稀な競技なのである。

そこに過度の実力差があった場合、性別が違うことが余計に大きなマイナスを生む可能性は十分ある。

とはいえ、今はダンス部が抱えている問題をどうにかすることは出来ない。

なにしろ俺は一〇〇%の部外者だ。いくら彼らが揉めていたところで、そこに口を挟む権利はない。

重要なのは、もっと個人的な問題である。

——亮介の恋愛について。

亮介は気付いているのだろうか。今、お前が心の中に抱いている恋心を叶《かな》えることは、どうしようもなく困難であるということに。

それが困難である理由が、どうしようもなく、理不尽なモノであるということに。

亮介を連れて学校を出た俺は、ひとまず近隣で最も栄えている八王子駅に移動することにした。

ハチコーの最寄り駅近辺には大した店がないこともあって、ちょっとした話をしたいとき、ハチコーの生徒は基本的に八王子駅を使うのが通例となっていた。

とはいえ八王子駅近辺は店も多く、煌《きら》びやかなのだが、あまり学生が夜遅く彷徨《うろつ》くことを歓迎する雰囲気はない。「東京都内の治安が悪そうな街ランキング」で大体上位にランクインしているのは伊達《だて》ではないのだ。

俺の雑感としては、やはり東京の都心よりも山梨の方が距離的に近い八王子という街はイメージが悪いだけで、そこまでリアルに荒れている印象はない。

まぁ飲み屋が多いこともあって、日が落ちてからは酒が飲めない学生には肩身の狭い街であることは否定しようがないが。

そのため、ここは俺の行きつけの店をチョイスさせてもらった。亮介もきっと気に入ってくれるはずだ。

「亮介、腹減ってるだろ。奢《おご》りはしないが、思う存分食ってくれ」

「そりゃいいけどよ」先程から妙にそわそわしていた亮介が眉をひそめた。「なんで、しゃぶしゃぶ屋なんだよ」

「行きつけだからだよ。普段は学校近くの店を使うことが多いけど」

「じゃあ、なんでわざわざ八王子まで出て来たんだ……？」

「八王子駅の方がお前は帰りやすいだろ。八高線乗り継ぐと帰る時、面倒じゃん」

「お、おお……言われてみると、そうだな」

これは半分は本当だが、半分は嘘《うそ》である。

俺と亮介が足を運んでいたのはガストやバーミヤンを運営している会社の系列チェーンである「しゃぶ葉」なのだが、学校近くの店はハチコーの生徒がエグいくらい多いのだ。

更に言うと、とにかく女子が多い。

しゃぶ葉だけでなく、しゃぶしゃぶチェーンは食べ放題形式を採用している店が大半なのだが、しゃぶ葉にはデザートが美味《おい》しいという、ちょっとした特徴がある。

ソフトクリームメーカーとワッフルメーカーが常時稼働しており、それに加えてドライフルーツやチョコレートシロップ、コーンフレークなどといったセルフトッピングが可能なのが学生には非常にウケが良いようだ。

だが、ウケが良すぎて女子高生客が多すぎるのが難点だった。つまり内緒話をするのにこれほど適さない場所もない。それ故に同店舗ではあるが、客層がグッと大人寄りの八王子店を使用することに決めたわけだ。

「とりあえず食いながら話そうか」

「ああ。肉は食べ放題なのか？」

「そうだよ」

「へぇ。そりゃあいいな。焼肉の食べ放題より断然安いし、次の打ち上げはここ使ってもいいかもなぁ」

亮介も店のチョイスを好意的に感じ取ったようだった。

こうして俺達は好き放題に肉を注文し、取り放題の野菜を取って二人でしゃぶしゃぶ鍋を囲むことになった。すぐ鍋のスープがグツグツに煮えたこともあって、ロスタイムなしに肉を掻《か》っ込む。これがしゃぶしゃぶの良いところだ。焼肉と違って、待つ時間がほとんどなくて済む。

最初に頼んだ六膳分の牛肉が一瞬で胃袋に吸い込まれ、濛々《もうもう》と立ち上る湯気に柚子《ゆず》塩ダシのさっぱりした香りが混ざって、鼻腔《びこう》をくすぐった。

「――で、話って？」

向こうも頃合いを見計らっていたのだろう。まさに、というタイミングで亮介が話を振ってきた。

「ああいや、大した話じゃないんだが」

「響《ひびき》がわざわざ誘ってきたんだ。ンなことないだろ。話してくれよ」

「……なら言わせてもらうよ」

切り出し方は色々ある。

遠回りに攻めたり、質問から入ったり、外堀を埋めたり。

ただ——今回は直球で押すと決めていた。

「お前、桐谷羽鳥《きりたにはどり》のどこがそんなに好きなんだ？」

「ぶふぉっ!?」

亮介が口に含んでいたコーラを噴き出した。

丁度、飲み物を口に入れたタイミングを狙った俺も悪質だと思うが、亮介の方も隙を見せたのは迂闊《うかつ》だったと言わざるを得ない。これは、まさかそこまで明け透けな質問が飛んでくるとは思っていなかったという反応である。

「や、やってくれるな……遠慮ってもんがないのかよ、オマエ……」

「ほう。まだファミレスじゃなくて、わざわざしゃぶしゃぶ屋に連れて来た理由がわかってないみたいだな」

「なに？」

「ファミレスはドリンクバーさえあれば何時間でも粘れる。ただし、食べ放題の店は時間制だ。だから、俺達《たち》がここに居られる時間は限られてる」

「……！」

「二軒目に行けるほど、お互い金が余っているわけでもないからな。グダグダになりそうな話ほど、こういう店を使うのは理に適《かな》ってるってわけさ」

鍋を囲んで親睦を確認したいとか、しゃぶしゃぶやワッフルが食いたいから、この店を選んだわけではないのだ。既に俺達が店に入ってから四十五分は経過している。ディナータイムなので残り時間は一時間を切っているという寸法だ。

ただ、そもそも一時間あれば多少グダったとしても大抵の相談事は出来そうに思えて来る。

俺の狙いは亮介《りょうすけ》に時間を意識させて喋《しゃべ》らせることだ。

こいつの家は高円寺なので、中央線は終電の十二時前後まで利用可能だ。その気になればこれから数時間粘れるという感覚で話してもらっては、こちらも困るのである。

「さあさあ、ネタは挙がってる。とっとと話してもらおうか！」

「ぐっ……」

亮介が頭を抱えて、苦悶《くもん》の表情を浮かべた。だが次の瞬間、ハッと息を吐き出して観念したような顔付きになると、

「やっぱり響には敵わねぇな。まさか一日でバレるなんて。さすが超人・月村響……」

「いや、お前の行動が分かりやす過ぎるんだよ……」

あれだけチラ見していれば、少なくとも亮介に多少の関心がある人間は数日でほとんど気付いたのではないかと思う。

「そ、そうか？　オレはてっきり、いつもみたいに……それこそ、今日も千代田《ちよだ》が五万のカバン持って来たのがバレたのを誤魔化したみたいにさ。オマエの超人的な感覚で、オレの心の中をサーチしたのかと思った」

「出来るかよ、そんなこと」

「どうだろうな。オレはオマエとブラッドハウンドなら不可能はないと考えてるが……」

「……どうしようもないゲーム脳だな」

はぁ、と俺は息を吐き出した。

「で、どこがいいんだ。桐谷の」

俺は尋ねた。

しょうもない喩《たと》え話《ばなし》を持ち出して来るのは、亮介がこの話題に話しにくさを感じているせいでもあるからだ。ならば話しやすいように誘導してやらねばなるまい。

「う……そ、そうだな」

「お前、告白までは行かなくても色々な女子にこれまで相当言い寄られてただろ」

「ま、まぁな……」

「可愛《かわい》い子も多かったぞ。というか、可愛い子しかいなかった」

「それは、うん。そうかもな……」

「なにしろ、ダンス部のトッププレイヤーだ。モテて当然だし、そもそもお前を好きになっていいのは、学校でもほんの一握りの女子だけって風潮すらある」

「……」

我ながら、本当に妙な言葉だと思う。

人を好きになる権利を剝奪されるなんて、あってはならないことだろうに。

……………まぁ、あらゆる種類の浮気を除けば、か。

「しかも、お前は俺の記憶だと『しばらく恋愛をする気はないんだ』と先月ぐらいに言っていた気がする。なのに、いきなり今週になって、お前は態度をガラッと変えた……」

「か、変えたくて変えたわけじゃないけどな……」

「というと？」

「なんていうか、羽鳥ちゃんのことが、気になって仕方な――」

「ふむ……」

俺はおもむろに強調して言った。「――羽、鳥ちゃ、ん、か」

「っ……い、いいだろ、別に！　オレがあの子のことをどう呼んでも！」

「それはそうだな。忘れてくれ」

「うぐぐっ……！」

まさかの「羽鳥ちゃん」呼びである。去年から同じクラスである奏《かなで》や静玖《しずく》相手でも苗字《みようじ》で呼んでいるのに……。

「……いつの間にか、勝手に視線が動いちまうんだよな。羽鳥ちゃんが今、どんな顔で授業を受けているのかとか、友達とどんな話をして笑っているのかとか、気が付いたら自然とあの子の姿を追っちまってるっていうか……」

最後の方はどんどん声が小さくなっていったが、それでも確かな口調で亮介は言った。

俺は率直な感想を告げる。

「それは、恋だな」

「……ああ」

亮介が噛《か》み締めるように言った。

BGMの五年ほど前に流行《はや》ったポップスのインストが場の空気を盛り立てる。

この曲は特に恋愛を歌ってはいなかったが、それでも軽快なメロディーラインが雰囲気作りには一役買ってくれている。

音楽は気持ちを盛り立てる。

俺達の会話も弾む。

「ただ、随分と急な展開だとは思うな。桐谷となにかあったってことか？」

「いや……本人とは、特に何もないな」

「？　じゃあ、どうして――」

俺の言葉を遮って、亮介が言った。

「顔を見たんだ」

「……ほう」

「桐谷はいっつもマスクをしてるだろ？　けど、あれは別に怪我《けが》とかじゃないんだ！」

「知ってる」

「えっ!?」

「少し前に奏が教えてくれたからな。身体測定のときに同じ班で医者の反応的にそう推理したとか」

「あ、ああ……そうだな。なんだよ、響も知ってたのか……」

亮介が妙に悔しそうに言う。

「けど、だったら話は早いな！　実は先週の体育の終わりに、たまたま桐谷がマスクを取ってるところを見かけてさ」

「そうなのか。桐谷は体育のときもマスクを取らないって聞いたが……」

「ああ、いや？　凄《すご》くゼーハー言ってたから、多分マスクを付けたまま運動するのがキツくて、たまたま外したところを離れた場所にいたオレが見たんだと思う。それでマスクの下の羽鳥ちゃんの素顔に衝撃を受けたっていうか……」

「可愛かったのか？」

「……ああ」

亮介が少し恥ずかしそうに頭を掻いた。

マスクを取った桐谷の顔か……。

喩えるなら──古典的なギミックである「眼鏡を取ったら美少女」の現代版みたいなモノだろうか？

マスクを付ければ鼻と口元を完全に隠すことが出来る。

そりゃあ大体可愛らしく見えるだろうし、逆にマスク姿を散々晒《さら》した状態で、後からマスクを取るのは相当にハードルを上げる行為とも言える。

そのギャップの壁を越えて亮介が桐谷に心を奪われたと考えれば……桐谷の素顔はそれなりに可愛いのだろう。

こいつはこれまでも学年のトップクラスの美人達から言い寄られている。美形に免疫が全くないということもないはずだ。

「(もしかして俺が思っていたよりも、しっかりと亮介の奴《やつ》、桐谷に惚《ほ》れてるんじゃないか、これ……)」

野菜ジュースで喉を潤しながら俺は思わず目を細めた。亮介が桐谷の素顔を見たのは先週末にあった体育のときらしいので、この恋が始まってからまだ三日も経《た》っていないことになる。つまり、この恋愛は全く熟成されていない。芽吹き始めたばかりの恋なのだ。

だが、この様子では――

……もう少し、そこを確かめてみるか？

「つまり、主に好きなのは桐谷の見た目ってことか」

「ああいや、そういうわけじゃない」

「違うのか？」

「羽鳥ちゃんってすごく明るいじゃないか。友達と話しているとき、メチャクチャ楽しそうで、テンション高くて……」

「そう、なのか？　いや、俺は正直、彼女のことはそこまで……」

「そうなんだよ！　オレは今日一日見ていて確信したぜ！」

「……」

一日で分かるはずもないのでは、と言いたい気持ちを俺は喉の奥に押し込んだ。

「（桐谷《きりたに》が明るい……？）」

ここで引っ掛かったのは、俺が桐谷羽鳥に抱いているイメージは亮介が口にしたものとはまるで異なるという点だ。

確かに、今日友達とオタク系の馬鹿騒ぎをしている桐谷はイケイケだったし、テンションも高そうに見えた。

ただ、俺にとっての桐谷羽鳥のイメージは、全くの別物だ。

――どうしても授業中に先生から指名されて、問題を解くときの桐谷の姿を思い浮かべてしまうからだ。

過去に我藤《がとう》が行っていた野次行為は俺がすぐにやめさせた。

しかし、それでも……桐谷が答えを大体間違えることだけは、俺にはどうすることも出来なかった。

桐谷は勉強が苦手で、クラスでもワーストに近い成績保持者だ。

野次がなくなっても教師に間違いを指摘され、テンパってマスクから覗《のぞ》く頬を赤く染め、何も言わずに着席する――そんな光景をこの三ヶ月で幾度となく見た覚えがある。クラスの大半の人間にとっても、あれが桐谷の一番馴染《なじ》みの姿だろう。

ただ、亮介の認識が全くの誤りだということはない。

むしろ——本質的なことを言っているのは亮介の方である可能性が高い。友達と好きなことを話しているときの桐谷は、実際にとても楽しそうに見える。つまりアレが彼女が本来持っている輝きなのだ。

今、俺が考える「対外的な桐谷羽鳥《はどり》」こそが正鵠《せいこく》を失した、彼女の見せかけの姿なのかもしれない。

「（…………マジだな、コレは）」

亮介だって、授業中にしばしば桐谷が見せた醜態（あまり積極的に使いたい表現ではないが……）を知らないわけではあるまい。

だがコイツはソレに一切触れなかった。理解しているのだ。あれが彼女の本質などではなく、あの事実が自らの恋心を邪魔するモノではないということを。

となれば俺が亮介に訊《き》くべきことは、あと一つだけだ。

「なぁ、亮介」

「ん？」

「それでお前はこれから、桐谷のことをどうするつもりなんだ？」

「ん？　ああ、そんなの決まってるじゃないか」

亮介が当たり前のような口調で言った。

「諦めるよ」

「……」

　あとになってから思う。

　――そのとき俺が、どんな表情をしていただろうか、と。

　亮介《りようすけ》の発言を消化出来ずにキョトンとした驚き顔なのか、他にあるとすれば台詞《せりふ》だけに反応した深刻な顔？

　もしくは、気の毒そうな渋面なのか、それとも――

「仕方ないよな。だってどう考えても無理だもん」

　亮介が淡々と続ける。

　俺もそれに相槌《あいづち》を打つ。

「そうか」

「理由は……言わなくてもわかるよな。うちの部活、あんな感じだからさ」

「部活だけが理由じゃないだろう」

「……まぁな」亮介が顔を顰《しか》めた。「やっぱり、オレは羽鳥ちゃんに迷惑を掛けちゃうのが一番イヤだよ」

「だろうな。もし、亮介が桐谷のことを好きだってことに我藤が気付いたら――」

「我藤のことは勘弁してくれ。早速胃が痛くなってきた」

「気弱なことを言うんじゃない。大体、こうして俺が気付いたってことは、我藤が気付いていてもおかしくなかったんだぞ？」

「…………た、確かにそうだな。マジ危ねぇ……気を付けるわ」

「実は、お前に言ってなかったことがある」

「なんだ？」

「さっきお前達《たち》と会う前に、我藤と少し話をした」

「…………なるほど。アイツ、なんかオレのことについても言ってたか？」

「いい加減、一度くらいデートに付き合えだと」

「……エグいぜ」

亮介が額を押さえ、天を見上げた。

そのままゴールを決めたサッカー選手のような姿で祈ること数秒。亮介がゆっくりと視線を俺の方に戻した。

そして、ため息。

濛々《もうもう》と立ち上る鍋の湯気に、落胆の吐息が混ざって消える。

「響《ひびき》……そろそろ会計してもらっていいか？」

「わかった。今日は俺が払おうか」

「いやいや、人を気の毒な奴扱いすんなよ！　もちろん割り勘だ！」

亮介は財布から千円札を二枚取り出して、会計プレートの上にスッと置いた。俺は無言でそれを受け取って、席を立つ。

やるせない気持ちを抱えたまま。

そのときだった。

背後の亮介が噛み締めるように――

「なぁ、響。オレも人のことは言えねーけどさ……」

俺に言葉を投げ掛けたのは。

「響も結構、感情がモロに顔に出るタイプだよな。『超人』の唯一の弱点ってか？」


理由を語る必要なんてなかった。

俺達は知っていた。

何故《なぜ》、あんなにも桐谷のことが好きだと嬉《うれ》しそうに語っていた亮介が、あの会話の流れで唐突に「諦める」などと言ったのか。

簡単な話だ。

それを――スクールカーストが許さないから。

なにも唐突ではないし、むしろ当然で、それが理解出来る俺も、アイツも、どうしようもないほどに学生で、ただの人だった。

俺は時々「超人」と呼ばれることがある。

頭に「完璧」と付いていた時期もあったが、自然と消えていた。理由は「わざわざ言わなくても分かるから」だそうだ。

字面としては俺もただの「超人」の方が好きだ。スッキリしていて、よりマッシブな感じがするからな。けれど、所詮はあだ名に過ぎないなと思う。

本当に俺が超人なら、今、こんな——怒りとやるせなさをまぜこぜにした感情を面のように顔全体に刻んでなどいなかっただろうから。

けれど。

同時に、思うのだ。俺はただの人だからこそ、ここで終わらない。まだ打ちのめされない。解決策を見出《みいだ》すことが出来るのではないか、と。

本物の超人に挫折や失敗はない。

ミスを犯さないからこそ超人なのだ。

だから俺は凡人だ。凡人でいい。

それで、この怒りを前に進むためのエネルギーに変えることが出来るなら。

あの人も言っていたじゃないか。

『響くん。君はそんなに恵まれていて、誰よりも高い場所にいるのに……どうして君にしか出来ないことがあると思わないの？』

俺にしか出来ないこと。

俺だからこそ、出来ること。

いや、むしろ一番相応《ふさわ》しいのは——俺ぐらいしかやらないこと、か。

「（夢瑠《ゆめる》さん……俺は、やりますよ）」

俺はスクールカーストの破壊者とならねばならない。

そして皮肉なことに、そのための一番の武器は、このスクールカーストという階層意識そのものなのだ。

俺は誰よりも、この概念に詳しい。

熟知している。

だからこそ、これを武器として問題解決することも出来るし、誰よりも——効率的にこの枠組みを壊すことが出来ると確信している。

これが俺の復讐《ふくしゅう》なのか、それとも贖罪《しょくざい》なのかは未《いま》だに分からない。

だが俺はやる。

やるのだ。

スクールカーストに心を砕かれる奴《やつ》を、俺は一人でも救いたい。それだけのために、今も俺はこの「誰よりも高い場所」に立っているのだから。

二章　桐谷羽鳥の願い

スマホで時間を確認する。

十五時四十五分。

六限が終わるのが十五時三十分で、今日は最後の授業が体育なので、ホームルームは省略して生徒は各自下校、もしくは部活へ……という流れだったはずだ。

男子ですら三十分には授業が終わった。

当然、女子はそれより五分は早く授業を切り上げているだろうし、事実、校門から見知った顔が何人も出て行くのを目撃している。

――では俺は？

「……奏《かなで》、遅くないか？」

今、俺がいるのはハチコーから歩いて数分のところにある喫茶店「イーハトーブ」である。

グルメサイトのレビュースコアも上々らしく、時には地元以外の客がやって来て外観や料理の写真を撮っている光景に出くわすこともある。だが「イーハトーブ」はこんな業者スコアが付く、もっと前――俺の親世代の頃から地域で親しまれて来た名店だ。

俺も小さな頃は家族揃《そろ》って、この店によく足を運んだものだ。

「（……ま、最近ではそんな機会は完全にご無沙汰だがな）」

この店の良い点は「ささやかな隠れ家要素」にある。地元の人間は誰もが知っているため、客は少な過ぎず、それなりに外部からの客も来るが、八王子の外から通学してくる学生にまで情報が届いていないため学生客は全くいない。

ひっそりと、そして、しっとりと話をするには最適だ。

そのはず、なのだが……。

「……来ないな」

「響くん。約束の時間は過ぎてるのかい」

テーブル席で時間に焦《じ》れていると、物心つく前からの顔馴染《かおなじ》みである店のマスターがカウンター越しに話しかけて来てくれた。

「はい。もう過ぎましたね」

「奏ちゃんともう一人、来るんだったよね」

「いや、奏は……そんなに長くはいないと思います」

「でもコーヒーを一杯飲むくらいの時間はあるだろう？」

「ええ、それは。奏の奴もマスターに挨拶ぐらいはしたいでしょうし」

マスターには奏が桐谷《きりたに》を連れて来たら、すかさず完璧なタイミングでドリップを出してくれと頼んであった。

——これは桐谷羽鳥《はどり》と直接、会話するための場だ。

俺は亮介の恋を何とか出来ないかと考えていた。

だが、亮介はスクールカーストで雁字《がんじ》搦《がら》めになっている。あいつが自発的に桐谷羽鳥に対して行動を起こせば、その全てが回り回って桐谷の不利益となりかねない。

どういうことか。

藤代《ふじしろ》亮介は——我藤美紀の獲物だからだ。

ダンス部の女子リーダーである我藤《がとう》が、ずっと昔から亮介のことを狙っているのは、もはや周知の事実となっていた。

かつて亮介に告白しようとした女子もたくさんいたのだ。

だが、彼女達は全て退散していった。我藤が亮介をロックオンしていることに気付いたからだ。

我藤の後ろにはダンス部の女子達がいる。ハチコーのダンス部女子は総じて明るく、発言力が強く、キツめの性格の子が多い。つまり一般的に「陽キャ」に分類される子達が多く所属していると言えるだろう。

そんな亮介に手を出すということは、我藤、ひいてはスクールカースト的な意味で武闘派集団として知られる彼女達に喧嘩《けんか》を売るのに等しい。我藤が号令をかければ、冗談を抜きに後輩を数名動員して、特定の生徒にカチコミを掛けることぐらい容易《たやす》いのではないかと俺は想像している。

一度は亮介に好意を持った女子達も、それはあまりにリスクが大きすぎると判断したのだろう。だが、今の状況はより最悪だ。

——亮介が誰かを好きになるということは、この地獄に更なる薪をくべることになるのだから。

「（アイドルファンなどもそうだが、好きな相手に想《おも》い人《びと》がいた場合、不思議なもので男はその本人を叩《たた》くが、女子は相手の女に憎しみを燃やすことが多い……）」

亮介《りようすけ》も、このことを一番危惧していた。

我藤美紀《みき》が亮介の桐谷に対する恋心に気付いた場合、彼女は亮介にはおそらく何もしない。

その怒りの矛先が向くのは——間違いなく、桐谷羽鳥だろう。

我藤は一年の頃からずっと亮介にアプローチを掛けていたが、それは全く結果に結びついていなかった。カースト上位の美女である我藤から寄せられた好意に対して、亮介はまるで頷《うなず》き返さなかった。

それどころか、俺の中では結構頑張って逃げていた、という印象が強い。亮介が我藤のことを具体的にどう思っているかは聞いたことがないが、おそらく「彼女にしたい」とは微塵《みじん》も思わないからこそ、今のような状態になっているのだろう。

では、我藤の方は？

俺が思うに、我藤自身、半ば意地になっていて、後戻り出来ない状態なのではないだろうか。

我藤は自身のスタンスを一切隠していないし、周りの人間は彼女が亮介を狙っていることを皆知っている。むしろ、あえて好意を積極的に表に出すことで外堀を埋める戦術を取っていたと言えるだろう。

だが、その攻撃的な戦略が裏目に出た。

――亮介は未だに一回のデートにすら応じていない。

あれだけアプローチして結局、相手を落とせませんでした、となると周りの視線は少々冷たいモノになるような気がする。

一度狙ったなら、落とさなくては周囲に示しが付かない。

獲物を狩ってこそのハンターだ。

プライドの高い我藤としては……いや、そういう「体面」を何よりも重視するコミュニティに所属する彼女としては何が何でも亮介を自分のモノにしなくては沽券《こけん》に関わる、ということは容易に想像出来る。

そんな中、亮介が桐谷羽鳥を好きになってしまったことで、この恋愛劇は突如として三角関係の様相を呈し始めた。

桐谷は我藤がいじめていた相手であり、カーストも底辺、そして何より普段から見下しまくっているオタク趣味の持ち主だ。

となれば、話が拗《こじ》れるに決まっている。以前から亮介を好いていた我藤からすれば、ふざけるなという話になるはずだ。

だが、ここで亮介を責めるのは——あまりにもダサい。

亮介には我藤を好きになる義務はない。男の俺からしてもさすがにどうなのだと思うし、面子《メンツ》やプライドを重視する我藤やその周りにいる女子達《たち》からすれば尚《なお》のことだろう。

故に、亮介の想い人がバレてしまった場合、その敵意は桐谷へと向かう可能性が高いと俺は考える。

恐ろしいまでの攻撃性を伴ったまま、我藤は桐谷に怒りを向けるだろう——桐谷の今の学校生活が、破綻するのは間違いないほど苛烈な地獄の憤怒を。

そんなこともあって、この恋は完全にロックされてしまっているように見える。

亮介が動けるわけもない。

そして、そんな状態で恋が進展するわけもない。結果として「諦める」という例の亮介の発言に繋《つな》がってしまうわけだ。

「(だが……それを俺は放っておく気には到底なれない)」

俺は独善的な人間だ。

なんとしても亮介に——この「諦める」を撤回してもらうため、ずっと俺の脳はぐるぐると回転し続けている。

そのためには、桐谷との接触が不可欠だった。

今から俺がやろうとしていることには、彼女の協力がいる。こうなると直接会って話をする以外に、物事を進める方法はない。

そこで俺は奏に頼んで、桐谷を学校外の喫茶店に連れ出してもらおうと考えた。

異性よりも同性に誘われた方が桐谷も気が楽だろうし、それに奏が今回の一件に関わっていることを示唆することで「彼女のお墨付きがある」という安心感を与えることも出来ると思ったからだ。

だが――

「(遅すぎる……)」

そこまで万全の準備を整え、俺は桐谷と奏が「イーハトーブ」にやって来るのを今か今かと待ち続けていたのだ。

なのに二人は一向に現れない。これは、一体――

「ちょっ……ま、待って！　待ってください！　む、むむむ、無理です！　わたしなんかじゃ畏れ多いです！　ゆ、許してくださいィ！」

と――そのときだった。

「いいから来て」

「無理です！　無理無理無理ィ！」

「…………」

「ひぃいいいいいい!?　ご、ごめんなさい！　こ、殺さないでください！」

「……そんなこと言ってないけど」

「目が言ってました！　明らかに『イッペンシンデミル？』って殺意を込めた目をしてました ァ！」

「意味不明……どんな目なの、それ……」

ＢＧＭは染み渡るようなジャズギターサウンドで、マスターが大好きなウェス・モンゴメリーの「ア・デイ・イン・ザ・ライフ」が始まったところだった。

店のドアを開くなり、喧《やかま》しいにも程がある女子の声が二つ。

いや、主に一つか。

騒いでいるのは聞き慣れない声の方、聞き慣れた声の方はというと……口数は少ないながらあまりにもう一人の方が騒ぎ立てるせいか、完全にキレているようで——

「響《ひびき》。やることはやったよ。この子、引き取って」

「…………ああ」

「帰る。もうマジありえない……この貸し、大きいから……！」

——ようで、とかじゃない。

マジギレだ。

「か、奏ちゃん？　コーヒーは——」

「すいません、マスター。あたし、帰ります」

よほど桐谷を連れて来るまでに恥辱を味わったのだろう。

頬を赤らめた奏《かなで》は俺の向かいの座席へと桐谷《きりたに》を押し込むと、あっという間に「イーハトーブ」から出て行ってしまった。

馴染《なじ》みのマスターに会釈をするだけの理性は残っていたようだが、あまりに雑で急な入退場にマスターも驚きを隠せない程だった。

「(…………ここまで連れて来るのに相当、手こずったってことか)」

本当は、奏にも少しの時間でいいから一緒にいてもらった方がいいと思っていた。桐谷もいきなり男と二人では緊張すると思ったから。

けれど、取り付く島もなかった。

これは後でしっかりとメッセージを送ってフォローを……いや、これは通話のパターンだ。宥《なだ》めて、愚痴を聞いて、謝らねば。

参ったものだ。

——これから俺は強敵との戦いを控えているというのに。

「桐谷さん……無理に来てもらって悪かったね」

「ひ、ひぃっ!?」

「……」

——声を掛けただけで怯《おび》えさせてしまった。

やはり、一筋縄ではいかない相手のようだ。

桐谷羽鳥《はどり》。

身長は女子の平均ぐらいなので百六十センチ弱。髪型は黒のロング。ただ、対面してみると、その髪がまったく整えられておらず、ぐねぐねと伸びっぱなしになっていることを改めて強く意識した。

根本的な髪質は良さそうなのに、あまり手入れをしていないように見える。もしくは単純に髪を切る店の問題かもしれない。まさか千円カットということはないだろうが……。

顔立ちは……今日もトレードマークである黒のウレタンマスクを付けているため、正直なところ、目元しか窺うことは出来ない。

姿勢はあまり良くない。少し猫背気味だ。学校標準のナイロンバッグを抱き抱え、俺の方を怖々とした様子で見上げている。

鞄《かばん》にアクセサリーがたくさん付いているのが目に入った。さながら中世のスケイルアーマーのように、缶バッジがナイロン地の大半を覆っている。

その正体は不明ではない。

現在、桐谷の鞄に装備されている缶バッジが、実は一つの作品に統一されていることを俺は既に把握していた。ネタ元は事前に確認済み、そして予習も完璧に済ませている。

というか――むしろ俺も嵌まりつつある。

「いらっしゃいませ」

と、桐谷が未《いま》だに鼻息荒く、所在なさげに周囲をキョロキョロと見回しているところにマスターがお盆を携えて現れた。

「こちら、ドリップコーヒーになります」

マスターが桐谷の前にコーヒーとミルクと砂糖のポットを置いた。

「へ……あ、あの、わたしまだ何も……」

「悪い。先に注文だけは済ませてあったんだ。まずはこの店の一番のオススメを味わってもらいたいと思ってな」

「っ……そ、そうなんですか……！」

「もちろん、俺の奢《おご》りだからさ。金のことは気にしないでくれ」

「は、はぁ……」

と言いながらも、桐谷はコーヒーに手を付けようとしなかった。コーヒーの香ばしい香りが辺りを漂い、黒の湖面が天井に吊《つる》された白熱灯の温かい光をはね返す。

空気は動き出さない。

当然、会話も。

俺は不意を衝かれた気分になった。

――飲まない、か。

この場に流れる音が「ア・デイ・イン・ザ・ライフ」だけであってはならない。

つまらない会話、意味のない会話で場を埋めることも決して妙手とは言えないが、まだマシだ。何も動き出さない死体でいるよりは。

心得た。すぐに始めよう。

「今日、桐谷さんに来てもらったのは、ちょっと話したいことがあったからなんだ」

早速、話を切り出した。

桐谷は変わらずビクビクしながら相槌《あいづち》を打った。

「………そ、そうなんですね」

「ああ。それで何の用事かというと……それだ」

「へ……」

言いながら俺は桐谷の鞄を指差した。

鱗《うろこ》のように表面を飾る――缶バッジを。

そう、これぞ俺の秘策……！

「ヴァーミリオンヘッズ、俺も嵌《は》まってるんだ」

「……!?」

呆然《ぼうぜん》とした様子で桐谷が胸に抱えた鞄を見下ろした。

そう。この鞄を彩る缶バッジの正体こそが桐谷が今、一番嵌まってる作品――非対称型《1vs4》対戦ソーシャルゲーム・《ヴァーミリオンヘッズ》だったのだ。

「つ、月村《つきむら》さんが……ヴァミへやってるんですか!?」

「ああ、結構最近からなんだけどな。あれって囚人《プリズナー》は完全なチームゲーじゃないか。ただ、あんまり周りでやってる人がいないみたいで困ってたんだよ」

ヴァーミリオンヘッズ、とは。

そもそも「非対称型対戦ゲーム」とは何かといえば、最近テレビのバラエティで芸能人が遊んでいる光景も時々見かける鬼ごっこゲーのシステムに近い。

これは追い掛ける側が一人、そして逃げる側が四人という、両サイドの対戦人数が均等でない形式で行われる対戦ゲームを指すことが多い。

ヴァーミリオンヘッズの基本設定は「囚人と追跡者」で、逃げる側は様々な悪事を働いた経歴を持つ、もしくは冤罪《えんざい》や「気が付けば牢屋《ろうや》に入れられていた」などの理由で脱走を図る囚人で、それを刑務所の看守や雇われたハンター、もしくは異形の存在などが追い掛けて捕まえる——という流れになっている。

桐谷がこのゲームに嵌まっていることは、ココに聞いたら一発だった。

『ん？　キリタニさん達がいつも話してるゲーム？　それならヴァミへ、かな。ヴァーミリオンヘッズ。夏からアニメもやるみたい』

『じゃあ鞄に付いてる缶バッジも？』

『うん。一番くじとかじゃないかな。ん、いや……セブン？　ごめん、そうだ。セブンイレブンのコラボキャンペーンの奴《やつ》とかアニメイトの限定品も結構交じってると思う』

『なるほどな。ココもやったことあるか？』

『ううん。ワタシ、ゲーム下手だから、スキルが要らないハムゲーしか出来ないの……』

『（ハム……？）』

この後、虚《うつ》ろな目をしていたココは置いておくとして、こんなやり取りを経て俺はヴァーミリオンヘッズに辿《たど》り着いたわけだ。場を設けてもらう以上、話のネタを用意しておくのはマナーである。

俺はがっつりと予習を行った。

そしてゲームとして、このヴァーミリオンヘッズが非常によく出来ていることに感心したわけだ。個性的なキャラとクールな世界観に単純ながら奥深いゲーム性まであれば、人気が出るのも当然と言えるだろう。

桐谷がおずおずと口を開いた。

「そ、そうですね……Ｄｉｓｃｏｒｄ《ディスコ》前提のバランスなんで、ある程度のランク帯からは野良じゃ囚人《フリ》は追跡者《トラッカー》にそうそう勝てないと思います……」

「だよな。早速、壁にぶち当たってさ」

「で、ですよね。ち、ちなみに、キャラは何を……？」

少しずつ桐谷の話す量が増えてきた。

「やっぱり最初ですし……シルバとか紅子《べにこ》あたりですか？」

ヴァーミリオンヘッズの大きな特徴といえば、大胆な男女の役割分担だ。

このゲームの囚人は全員女性キャラで色を冠した名前、そして追跡者は全員男性キャラで植物を冠した名前を持つのが大前提となっている（つまり厳密に言うと、ゲームの舞台はただの刑務所ではなく、女子刑務所なのだ）。

これは相当思い切った設定の挑戦だろう。

あらゆる対戦ゲームの中で男女で役割が完全に分類されているゲームなんて、少なくとも俺は他に一つも思い当たらない。しかも追う側が絶対に男で、逃げる側が絶対に女……最近の時代性を鑑みるに、あまりに攻め過ぎな設定である。

ただ、逆にこのフェミニストに真っ正面から挑戦状を叩《たた》きつけるような設定が宣伝となり、大きな人気を獲得することが出来た、らしい。

「……さすがやり込んでるだけあるな。今はとりあえず紅子を使っている」

「なるほど……紅子は桜吹雪を張っておくだけで一発殴られても耐えられますからね。始めたばかりでも、すごく使い易《やす》いと思います。ピッキングが少し遅いのが難点ですけど、チェイスキャラですし、ゲームの流れを覚えるには最適だと思います」

「だよな。俺もこの手のゲームは初めてだったんだけど、良い感じに――」

と、俺が言い掛けたときだった。

桐谷が俺の言葉を遮って――物凄《ものすご》い勢いで語り始めたのは。

「ただし、一度でも壁ドンされてからが紅子はキツいですね。あの子はキャラストを見ればわかるんですけど、頭がおかしい割に結構ドMで、その設定が反映されているのかは不明ですが、一吊《づ》りから草が生えるほど弱くなるんで。二吊りのときの紅子なんてプレイ感が違いすぎて、絶対に戸惑うと思うんです。もちろん幼馴《おさなな》染《じ》みを半殺しにしてサンクチュアリに送られて来てるだけあって一方的にヤられてるだけの子でもないんですが。ウルトが変身系なんで使えれば、桜舞《オウマ》とか月魅《ツキミ》みたいなヒョロガリだったら逆に一方的にボコれわたしが竜瞳《リンドウ》使いなんで思うんですけど、紅子は使用率が高いんでトラ視点でも相手をするのに慣れてるんです。あと月村さんはナーフ前の紅子を知らないと思うんで、忠告させてください。やっぱり、ここは押さえておいた方がこの先やり込む上で役に立ちますし。少し前までの紅子は桜吹雪のクールタイムが短くて、本当に強かったんです。で、トラ側のヘイトがヤバいことになってて。トラやる子って、やっぱり推しを使うんであれだけ紅子にやりたい放題されたら、こっちとしては『マジ犯す！』って強い意志でプレイするしかなくなるっていうか。どうしても身構えちゃうんですよね。これまで散々、逆レされた苦い思い出があるんで――」

「……」

「それに紅子ってプリ側では顔キャラなんで、コンセプト自体がかなりオーソドックスに出来てて、メタりようがないんです。ただこれはアニメ絡みの情報なんですけど、あっちの方にゲームではまだ登場してない紅子の幼馴染みが出るみたいで、その声優が栗沢彰良《くりさわあきら》さんらしくて……！　あ、この栗沢さんっていうのは今までヴァミへに出てなかったことが不思議なくらいの超人気声優で、格的にモブキャラをやるわけがないって言うか！　多分、この幼馴染みがゲームの方に逆輸入される布石だと思うんですよね。このキャラが出るなら、紅子のメタキャラになる可能性はすごく高いはずで、わたしとしても目が離せないって言うか――」

「…………桐谷」

「へ？」

どのタイミングで声を掛けるべきか、正直相当に迷った。だがこれ以上、彼女に話し続けさせるわけにはいかない。これは完全にコミュニケーション不全だ。

俺は言った。

「こちらが無知で申し訳ないんだが、言っていることの八割くらいは理解出来ない……」

「あ……」

瞬間、桐谷《きりたに》の顔色がサァッと青くなった。正直に言おう——今の今まで、淡々と好きなゲームについて語り続ける桐谷の顔はキラキラと輝いていた。

彼女はウレタンマスクを付けたままだから、亮介《りょうすけ》が惚《ほ》れたその素顔とやらにお目に掛かることは俺も出来ていない。

けれど、瞳は。

——本当に楽しそうに、嬉《うれ》しそうに言葉を紡ぎ続ける瞳の輝きに、強い魅力を覚えなかったといえば嘘《うそ》になる。

こういう表情は誰にでも出来るモノではない。

ある程度、天性の素質がいる。桐谷にはソレがあるのだ。

しかし……。

「(会話の内容は……割合、良くないと思うがな。桐谷の奴、当たり前みたいにエグい単語を使っていたが、そもそもヴァーミリオンヘッズって、そういうゲームだったか？　紅子のキャラストなら俺も見たが、ドM要素なんてあったようには……）」

桐谷の話だけを聞いていると、ヴァーミリオンヘッズはただの十八禁ゲーになってしまうと思うのだが、もちろんそんなわけがない。

――となると、あれらはディープなファンにだけ通じるコアなネタなのでは？

そう考えると、更に色々なところが見えて来る。

俺は彼女の話をほぼ理解出来なかった。これはこちらの予習が足りなかった故の失態と言えるだろう。猛省するべきだ。

だが、そのおかげで彼女への理解はより深まった。

改めて思うが、桐谷は完全に今まで俺の周りにはいなかったタイプの女子だ。あまりに色々なことが予想外過ぎて、逆に新鮮さすら感じる。

とても面白い女の子だ。

「す、すみません……わたし、わたし……月村さんになんてことを……」

「……なに？」

「ご、ごめんなさい……ど、土下座しろって言うなら、今すぐにでもします……」

――ところが、事態は思わぬ方向に転がり出す。

俺は桐谷が暴走して話し始めたことを別に疎ましくは思ってないし、むしろ予想外で面白いとすら感じていたのだが、当の本人は全く別のことを思っていたようだ。

桐谷がガタガタと震え始めた。

目は虚ろで、まなじりには輝きが――涙、だと？

「桐谷さん、落ち着いてくれ。いいか。簡単に言うが、人前で土下座なんて普通はするべきじゃない」

「し、知ってます……でも、悪いと思ったときは、やっぱり土下座じゃないかと……」

「いや、どうしてそうなるんだ……？」

あまりに価値観が歪《ゆが》みすぎている。

これもまた、何かのアニメかゲームの影響なのだろうか。

ぽつりと桐谷が言った。

「……月村さんが好きなドラマでは、そうだったので」

「ッ――」

正直、何を言われても驚くまいと思っていたのだ。だが桐谷の口から飛び出した台詞《せりふ》を聞いたとき、思わず俺は目を見開いてしまった。

それは一瞬、桐谷が俺の予想を超えた瞬間だった。

当然、ドラマで土下座といえばアレだ。日本のドラマ史に燦然《さんぜん》と輝く超名作。数多《あまた》の傑作海外ドラマにも全く引けを取らない邦ドラの最高峰……。

だが――俺があのドラマを敬愛していることを、どうして桐谷が知っている？

「……なぜ、それを」

「前に、ち、千代田《ちよだ》さんと話してらっしゃるのを聞いて……」

確かに二年生になってから教室で静玖《しずく》とこの話をした記憶がある。桐谷と俺は座席がそこそこ近い。向こうがこちらの話を小耳に挟んでも不思議ではないのだ。

だが、納得出来るのは、そこまでだ。

併せて、これだけでは説明不可能な謎が浮上する。

それは、もちろん――

「わたし、ドラマなんて漫画原作でも全く見ないんですけど……だって、どうせ原作無視するに決まってますし……ただ、あまりにお二人が熱く語ってらっしゃったんで、そんなに凄い作品なのかと思って……」

桐谷が伏し目がちに呟《つぶや》いた。

「……」

俺は喉元まで浮かび上がった言葉、そして疑念を呑《の》み込んだ。

俺は努めて平坦《へいたん》な口調で言った。

「……レンタルして見てくれたのか？」

「い、いえ、配信で買いました。わたし、ＴＳＵＴＡＹＡのカード持ってないので」

「そうか」

桐谷が好きな作品に触れてくれたことを俺は率直に嬉しく思った。

ただ同時に「怖さ」も感じないといえば嘘になる。この流れならば、絶対に訊《き》かなくてはならないコトがある――緊張の瞬間だ。

「……面白かったか？」

俺は尋ねた。

桐谷は日々、数多くのアニメや漫画を摂取しており、非常に作品を見る目が肥えているはずだ。もちろんアレはあらゆる対外的な評価でもトップだ。たとえ桐谷がここで何を言ったとしても、その評価自体が揺るぐことはないだろう。

だが、それはそれ。

これはこれだ。

――俺は心の底から「面白い」と桐谷にも言って欲しいと感じていた。

評論家やネット上のレビュアーの声ではなく、今、自分の目の前にいる女の子に。自分の愛する作品をどう思ったのか――ありのままの感想を聞いてみたいと思ったのだ。

桐谷が答えた。

「はい。すっごく面白かったです！」

満面の笑みと共に。

「……そうか。どの辺りが良かった？」

「そ、そうですね。俳優さん達《たち》の神演技が凄かったと思うんですが、やっぱりわたし的には悪役のキャラクターが最高で――」

そして、あっという間に時間が過ぎた。

掛かっていたウェス・モンゴメリーのアルバムは一周して、また表題曲の「ア・デイ・イン・ザ・ライフ」へと戻って来ている。

俺達はその間、ずっと話し続けた。最初は保護されたばかりの野良猫のように怯《おび》えていた桐谷も、気が付けば俺と話すことに大分慣れてくれたようで――

「えー!? ぞ、続編があるんですか!?」

「ああ。まだ週刊誌レベルの飛ばしの可能性は高いが、情報は出ているな。来年の四月クールに放送開始らしいが……」

「確定じゃないんですか？」

「どうだろうな。あまりに話題作過ぎて、情報が錯綜《さくそう》しているんだ。それに事務所とテレビ局の駆け引きもあるしな」

「なるほどぉ……実写だとそういうこともあるんですね。アニメはあんまりないと思うんですけどね。夏からのアニメも、大体出揃《でそろ》ってますし」

「アニメか。ちなみに今のオススメはあったりするのか？」

「ありますよ！　個人的に、これに嵌《は》まりつつあります！」

「なんてタイトルなんだ？」

「ええと『鬼滅の刃《やいば》』って言うんですけど……知らないですよね？」

「……初めて聞く作品名だな」

「ですよねぇ。でも、この作品……とんでもないクオリティなんです！　製作スタジオも業界最強のところですし、しかも声優陣が超豪華！　モブみたいなキャラにすらレジェンド級の声優が目白押しで、主題歌もすっごい名曲なんです！」

「……なるほど」

桐谷の熱が凄《すご》い。となると、これもそんなに凄い作品なのだろうか。

「そうか。じゃあ、機会があったら見てみようかな」

「はい！　是非ともご査収頂ければと！　クオリティがすごいので絶対にヒットすると思います！」

満足そうな表情を覗《のぞ》かせた桐谷が、おもむろに頭を下げた。

「えっと……月村《つきむら》さん。今日はありがとうございました。本当に楽しかったです」

「いや、桐谷の方から特にお礼を言われる理由はない。むしろ、俺がヴァーミリオンヘッズの話をしたくて、ここに来てもらったんだからな」

「……そんなことはありません。お礼を言うべきなのは、わたしの方です」

言いながら、桐谷が首を横に振った。

彼女のまとっていた空気が変わったのを如実に感じる。桐谷は緊張しているようだ。首筋にわずかながらに汗が伝い、視線が揺れていた。

桐谷が言った。

「わたし、びっくりしました。月村さんとこんなに長くお喋《しゃべ》り出来るなんて、考えてもみなかったですから。でも……あまりこういうのは良くないと思います。だって、わたしなんかと一緒にいるところを誰かに見られたら、月村さんの格が落ちてしまいますし……」

「……」

桐谷はゆっくりと話し始めた。

どもることもなければ、どこかで言葉に躓《つまず》くこともない。

だが、少しずつ——加速する。

語気が強まり、言葉と言葉の間隔が狭くなる。そのテンポアップは、つい先程まで自分の大好きなジャンルや作品について語っていたときとは少し違った。

瞳に、影が差している。桐谷はマスクをしているため、対面していると自然とこちらの視線が瞳に吸い寄せられるのだ。

目は口ほどに物を言うとは、このことか。

一瞬で桐谷の眼差《まなざ》しから輝きが消え去った。その瞳は、哀《かな》しみの色に塗《まみ》れていた。

だからすぐにわかった。彼女が率先して——自らを傷付けるための言葉を発しようとしていることが。

「それに月村さんと二人きりで話すなんて、牧田《まきた》さんにも、わ、悪いですし……あっ、す、すいません……！　これはその、関係なかったですよね……。わたしと一緒にいても、月村さんが誤解とかされるはずがないですから……あ、あははは。ええと、そうですね。どちらかといえば――」

もう無理だ。

行くぞ。

「『俺と一緒にいるところを見られて、叩《たた》かれるのは自分の方』とでも言うつもりか？」

「ッ――!?」

桐谷《きりたに》がハッとした様子で顔を上げた。

俺は続ける。

「おそらく、それは事実なんだろうな。俺と桐谷が一緒にいて、そこで俺にヘイトを向ける奴《やつ》よりも、桐谷に向ける奴の方が間違いなく多いだろう。自分で言うのも何だが、俺に好意的な人間と、何よりも奏《かなで》のファンが結構いるからな。中々過激な子が多いとは聞いてるんだ。例えば、彼女達ならこう言うだろうか。『どうして奏さんというステキすぎる彼女がいる響《ひびき》さんと、あんたみたいな陰キャが二人でお茶してるのか』……とか？」

「うっ……！」

桐谷が眉を顰《ひそ》め、明らかに苦悶《くもん》の表情を浮かべたのがマスク越しに分かった。

無意識なのか、桐谷の左手がスッと腹部を押さえた。

想像しただけで桐谷は傷付いているようだった――この話を始めたのは、彼女の方なのに。

どれだけ自己肯定感の薄い人間であっても、決して侵されてはならないコアのような部分を持っている。このコアは言うなれば最終防衛ライン。ここを突破されると、その人間は修復不可能なダメージを負ってしまう。

だが、このコアには妙な特徴がある。

——外部からの攻撃には極めて弱く、大破の危険が付き纏《まと》うが、その攻撃が内部から行われたものだった場合、大きなダメージは負うが……何故《なぜ》か破壊まではいかないことだ。

だから自ら弱点を晒《さら》し、あえて自分自身を傷付けることで、自らを守っているのだ。

言うなれば——ネガティブな防衛本能。

だが、それでも、それは……必死の抵抗なのだ。誰だって苦しい思いはしたくない。自尊心やプライドが一切存在しない人間なんていない。

誰だって……自分を守りたい。

だが、俺は思う。

——その守り方で、本当に君はいいのか、と。

自らを蔑み、へりくだり、口元に卑屈な笑いを刻むことが、本当に正しいのか。

誰かに訊くまでもないだろう。

これが一番の正解だと思って、こんなことをしている奴なんているわけがないのだから。

「(……そういえば彼女も、同じ笑い方をしていた)」

桐谷を見て、どうして今、ここまで強い感情の波に呑まれそうになっているのか——その答えに、はたと俺は気付いた。

その作り笑いに、見覚えがあったからだ。

思い出されるのは中学時代の記憶だ。

月村響の忌まわしき歴史にして、決して忘れてはならない罪。

今の俺を形作った原初体験。

その中心にいるのが——彼女だ。俺の前から姿を消した後も、彼女の存在は俺達の中で黒い暗澹《あんたん》とした輝きを放ち続けている。

言うなれば闇の恒星だ。

俺の心は彼女の周りをぐるぐると周回し続けている。俺という惑星は彼女から逃れることが出来ない。彼女がいたからこそ、彼女と出会ったからこそ——今の俺がいる。

俺は心の奥底で、強く、その闇に立ち向かうという覚悟を決めた。

彼女——八木緋奈多《やぎひなた》との苦く切ない思い出を、意味のなかったモノにしてしまわないために……。

「(……尚更《なおさら》、桐谷を放っておけない理由が出来てしまったな)」

彼女についての記憶と、そしてその顔が脳裏に蘇《よみがえ》った瞬間——俺の中で、新たな決意が生まれた。

元々俺がこうして桐谷を呼び出したのは、亮介《りょうすけ》のためだった。

俺は自分の友人に「恋を諦めさせないため」に動き始めた。動けない亮介ではなく、その相手である桐谷に接触を試みたわけである。

この瞬間、そこに幾何《いくばく》かの個人的な理由が加わった。俺の前でこんな笑い方をする子を放っておくわけにはいかない。

これから俺のやるべきことは、至ってシンプルだ。

亮介が桐谷への想《おも》いを諦めると言った原因は、我藤美紀《がとうみき》の存在が全てだ。

彼女が睨《にら》みを利かせているせいで、亮介本人ではなく、部外者であるはずの桐谷に被害が及んでしまうことを危惧しているのである。

つまり、実際は「亮介と我藤」ではなく「桐谷と我藤」の関係こそが、この問題の根幹にあると言える。

——もし例えば亮介が好意を持ったのが、静玖《しずく》やココだったら？

我藤は間違いなく憤怒するだろうが、自分よりもカースト上位者である二人に表立って、喧嘩を売ることはしないはずだ。

それもスクールカーストの理屈だ。

上だと思っている相手には、おいそれと逆らえない。

ただの学生に過ぎない俺達が他人を「上」だの「下」だのと評価すること自体がおこがましいとは思うが、それが今の「学校」という空間を支配している論理だった。

我藤が桐谷を見下しているから、この恋は進行停止になっている。

我藤が桐谷を自分よりも下だと思っているから、かつて「いじめ」をしていたことがあるから、桐谷に狙っていた男の好意が向くのが我慢ならない。

だとしたら——

「（……桐谷がスクールカーストで我藤よりも上に行ったら、どうなる？）」

大前提が崩れる。

我藤は桐谷を見下せない。だって、桐谷は自分よりも上の存在になってしまうのだから。

今度は自分が彼女を見上げる立場になる。

亮介が告白したとしても、桐谷は危機を免れるだろう。その結果にまで、俺は口を出すつもりは毛頭ないが——

「（……結局、俺は自分の前にあるスクールカーストを破壊したいだけなのかもしれないな）」

亮介を応援して桐谷との恋路を叶《かな》えてやりたいとは俺は微塵《みじん》も思っていなかった。

自分でも驚くほど、そのことに関心が持てない。

それは亮介がやるべきことだ。自分の恋愛問題くらい自分で何とかするのが男の甲斐《かい》性《しょう》だと思うし、それぐらいの積極性がなければ自《おの》ずと関係は破綻してしまうとも思う。

だが、スクールカーストは違う。

これは一人ではどうすることも出来ない。だからこそ、抗《あらが》わなければならない。

——破壊、しなくてはならない。

それが出来るとしたら、真の超人だけだろう。つまり俺には無理だ。ただの人間である俺は沢山の人の力を借りて、やっと変革を起こすことが出来る――

さあ、俺の心は決まった。

あとは君がどうするかだ――桐谷羽鳥《はどり》。


「――なぁ、桐谷。俺と桐谷、偉いのはどっちだと思う」


僅かな空白が続いた後、俺は唐突な質問を投げ掛けた。

「え……」

「質問だ。答えてくれ。どちらが偉いと思う」

「それは……」

不意を衝かれたように表情を強張《こわば》らせた桐谷の視線がわずかに落ちた。

だが桐谷は悩まなかった。

沈黙を意識するよりも早く、桐谷は改めて目線を上げる。けれどその瞳は俺の方を真《ま》っ直《す》ぐ見てはいなかった。気まずそうに――少しズレたところに照準を定める。

そして恐ろしく的外れな矢を放った。

「もちろん、月村《つきむら》さんだと思います……」

桐谷が言った。俺は尋ね返す。

「その理由は？」

「だ、だって月村さんはクラスのリーダーで、イケメンで、彼女持ちで、頭も良くて、何でもお見通しって感じで……どう考えても、わたしより上の存在だと思います……」

「そんなわけないだろう」

「へ？」

「これは引っ掛け問題だ。正解は『俺も桐谷も所詮はただの学生なのだから、どちらの方が偉いとかなんてない』だ」

「えええ!?　そ、そんな、こんなの引っ掛けで……」

桐谷が目を見開いた。

「あっ……こ、『答えは沈黙』……ってことですね!?」

そして納得した様子で、何故か目をキラキラさせながら桐谷は訊《き》き返した。

もしや、なにかの語録なのだろうか。言葉を発した桐谷が妙にウキウキしている気がするが……しかし。

「……いや、さすがに、あそこで黙り込まれたら話が進まないから違うと思う」

「ふえええっ!?」

……やはり語録だったようだ。

どうも桐谷は好きな作品のセリフを使いたがる性格で、それが少し文脈から外れていても気付かずGOサインを出してしまうタイプなのかもしれないな……。

なるほど、これは参考になった。

「まぁ、意地の悪い問題だったってことさ。俺は桐谷なら『俺の方が偉い』って多分言うと思って、あえてああいうことを訊いたわけだからな」

「わ、わたしを試したってことですか？」

「ああ、すまなかった。俺と桐谷は対等なクラスメイトのはずなんだ。ただ、どうも桐谷は俺の方が『上』だと思い込んでる節があると思ってな」

「それは……」

桐谷が苦しそうな表情を浮かべた。「でも……月村さんの方が現実的に上だと思うんですけど……そりゃあ、なれるものなら月村さんみたいになりたいですが……」

「俺に？」

「は、はい……」

桐谷が頷《うなず》いた。

一方で俺は頭上にクエスチョンマークを浮かべていた。

——本当に、俺でいいのか？

「うちのクラスには、奏や静玖やココもいるじゃないか。なのに俺なのか？」

「…………はい」

深々と桐谷が首を縦に振る。

「あっ……!? か、勘違いさせてすみません！　別に、だっ、男体化願望とかはないんです！　わたし、性癖は結構ノーマルなオタクなんで！　わたしはただ——」

が、次の瞬間、バッと桐谷が顔を上げた。

目と目が合う。

強い感情が視線から伝わって来る。

「月村さんみたいに、誰からもその力を認められていて、どんなに敵対している相手だとしても一目置かざるを得なくて、馬鹿にされない存在になりたいと思っていて……！」

——馬鹿にされたくない。

それこそが桐谷にとってのコアなのだと、切迫した表情から俺は全てを察した。

だから桐谷は俺になりたいと言ったのだろう。

女子の世界は蔑みの世界で、些細《ささい》な欠点を殊更にあげつらう傾向がある。実際、奏《かなで》や静玖やココに表立って喧嘩《けんか》を売ってくる女子はいないが、陰口を叩《たた》く者はゼロではない。

だが、逆に俺——月村響《ひびき》は誰であっても、ある程度は評価せざるを得ない、という立ち位置にいるのかもしれない。

誰だって、傷付けられたくなんてない。

自分を、心を守りたい。

でも、どうすればいいのか分からない。

自らの欠点をあえて誇張し、道化となって乾いた笑いを口元に刻むことが正解ではないことは、誰だって分かっているのだ。

けれど、そうするしかない。他に少しでも痛みを和らげる方法を知らないから。

　ならば——俺が共にその道を歩こう。

「……なぁ、桐谷《きりたに》」

　俺は言った。

「桐谷が本気で俺になりたいならいくらでも力を貸せる。誰からも力を認められ、一目置かれ、馬鹿にされない——俺が本当に桐谷の憧れに足る存在なのかはわからないが、とても立派で大きな夢だと思う。だが、『なりたい』と口で言っているだけでは何も変わらない。強くならなくては、いけない。それには『自分を変える』必要がある。わかるな？」

「……はい」

「ならば、君に、その意志はあるか？」

「……！」

　桐谷が目を見開いた。

　そして俺の方を真っ直ぐ見つめる。

　俺は小さく一度頷き、桐谷の瞳を見つめ返した。

「桐谷の思いは伝わった。元々はゲームの話でここに来てもらったが、もう今はそういう雰囲気じゃないよな。とにかく思ったんだ——俺にも、桐谷のためになにか出来ることはないか、って」

「わ、わたしのために……？」

「ああ。不満か？」

「っ……そ、そんなことはありません！」

桐谷が首を振る。

「で、でも……わたしが月村さんの期待に応えられるかはわかりません……」

が、すぐに桐谷が自信なさげに言った。

「なるほど。不安ということか」

「は、はい……。だって、その……『自分を変える』って結局、色々と勇気のいることじゃないですか……月村さんに助けてもらっても、わたしにそれが出来るかは……」

「……安心してくれ。俺は君を突き放したりはしない」

「突き放す……？」

「例えば『人に何を言われても気にするな』とか、無責任極まりないことは絶対に言わないってことさ」

「あ……」

「悪口を言われて傷付くのは当たり前だ。それなのに何故《なぜ》、傷付けられた方が、それを無視したり、耐える方法を学ぶ必要がある？　心は消耗品だ。記憶という形で刻まれた苦しい思い出は簡単には消えてくれない……だから俺は桐谷のことを出来るだけ考えて、君に出来ることしか言わないつもりだ」

言いながら俺はニヤッと笑った。「……つまり、一見して『自分には無理だ』と思えるミッションを課したとしても、実は桐谷なら案外こなせてしまえると俺は考えているとも言えるな。逆にスパルタなやり方なんだよ」

「……！」

「どうだ、桐谷。もし君が良ければだが――少し一緒に頑張ってみないか。俺としても女の子にここまで言わせてしまって、何もせずにいるわけにはいかないんだ」

「………」

「桐谷？」

黙り込んでしまった。

さすがにここで再度「答えは沈黙」は困るのだが――

と、そこでぽつりと桐谷が言った。

「本当に……『憧れは理解から最も遠い感情』なんですね……さすが藍染《あいぜん》隊長……」

「……なんだって？」

桐谷が急にカッコいいことを言い始めたせいで、俺は面食らってしまった。

――もしや、これは何かの作品の語録だろうか？

そんなことを思ったのも束《つか》の間《ま》、桐谷は止まらず、つらつらと語り始める。

「わたし、月村さんはもっと高貴で近寄りがたくて、下々の存在であるわたしのことなんて一切眼中にないと思ってました。

でも、それで良かったっていうか、だからこそ勝手に妄想して、憧れていられたんですけど……実際は全然違ったんですね。月村さんはこんなに優しくて、だからこそより一層、凄《すご》くて、カッコ良くて……わたし、何も月村さんのことを分かってなかったみたいです！　月村さんみたいな人の口から『悪口を言われて傷付く』なんて、そんな言葉が聞けるなんて思ってもなかったですし……！」

　キラキラした目で桐谷が俺を見上げた。

「見ての通り、俺も人間だぞ。人間に『傷付くな』と言うのは無茶な要望だ」

「え。でも、月村さんは『超人』ですし……」

「それは歪《ゆが》んだ認識かもしれないぞ。少し前からヒーローは弱みを見せるのが当たり前になって来ている。『ヒーロー＝完全無欠』という図式が崩れつつあるんだ」

「そ、そうなんですね……」

　むしろ、最近は完璧なヒーローの方がレアではないだろうか。

　これは超人にこそ実際は弱い部分があって欲しいという視聴者の欲求を叶《かな》えているように俺としては思う。ただ、これが桐谷は逆で、「超人」らしき俺に徹底した完全性を望んでいるような気配を感じてならない。

　それが桐谷の「憧れ」ならば、早々に捨ててもらった方がいいだろう。

　俺は超人ではない。ただの人間だ。もし俺が本当に超人ならば――あのとき、あのような失敗を犯すこともなかっただろう。

「あ、あの……月村さん」

「うん？」

「――よろしくお願いします」

桐谷が膝の上に置いたままだった通学鞄《かばん》を隣の席に置き、居住まいを正した。そして、ぺこりと頭を下げる。

「こんなわたしですが……ご指導いただけると嬉《うれ》しいですっ」

「そんなに畏《かしこ》まらなくていい」

「い、いえっ！　そこは、その……しっかりさせてください」

「……ああ、わかった」

俺は頷いた。

頭の片隅にとある疑問が浮き上がる。だが、口には出さなかった。それはおそらく桐谷の聖域なのだ。ならば無闇に触れるべきではない。

「あ……そ、そうだ月村さん。喉が渇いちゃいまして……このコーヒー頂きます」

「ああ。なんだ、まだ手を付けてなかったのか？」

「あ、あはは……緊張しちゃいまして……」

言いながら桐谷は視線を落とし、中指をマスクの下側に突っ込んで、スッと持ち上げた。

そしてもう片方の手でコーヒーカップを持ち上げ、ズズッとコーヒーを啜《すす》った。

上手《うま》くやるものだ。

向かいにいる俺からは一切、桐谷の口元は窺《うかが》えない。完璧に隠蔽しながら飲食を行うのが習慣になっているようだった。

「（……マスクを外す気はない、ということだな）」

恐ろしいほど不便なのに、あまりにも頑《かたく》なだ。

桐谷は余程のことがない限りマスクを外さない。間違いなく何らかの理由があって、彼女は素顔を他人に晒《さら》すことを拒んでいるのだ。

俺は北風にも太陽にもなりたくはなかった。だが、今後のことを考えると、このマスクの扱いは一つの課題になって来そうだが――

「……む」

不意に机に置いてあったスマートホンがチカチカと点灯した。マナーモードにしてあったので音もバイブもなかったが、どうやら誰かが俺宛にメッセージを送って来たらしい。

「あ、ど、どうぞ！　お気になさらずに」

「すまないな。すぐに済ませる」

俺がディスプレイに視線をやったのに気付いた桐谷がコーヒーカップを置き、テーブルナプキンで唇を拭いながら言った。

俺はスマホを手に取り、送られて来たメッセージを確認した。

そこには――

「……奏から怒りのメッセージが届いた」

「えっ!?」

「桐谷を連れて来るのに大分手を焼いていたから相当にキレているようだ」

「そ、そんな……わたしが、暴れたせいで……」

桐谷がサァッと顔を真っ青にして、カタカタと震え始めた。

「奏がキレているのは桐谷に対してではなく無茶を押しつけた俺の方だ。ただ、まぁ一切気にするなというのは酷かもしれないが……」

「は、はい……」

桐谷がブンブンと首を激しく縦に振る。そして尚《なお》も不安そうな様子で、

「そ、それで牧田《まきた》さんは、他になんて……？」

「ああ。どうも今、八王子駅で静玖《しずく》やココと一緒に飯を食ってているようで……『すぐに来て』だそうだ。この感じ、直接愚痴を言うつもりだな」

「あっ……それじゃあ、急いだ方がいいです！　わたしは今日はここまでで……！」

桐谷が慌てた様子で、自分の周りを片付け始める。

確かにここでお開きというのは、タイミング的にも丁度いいかもしれない。奏にも早く直接謝っておきたいし——いや。

「なぁ、桐谷」

むしろ、これは好都合であることに俺は気付いた。

「——君も来るか？」

「えっ」

桐谷は今日一番と言えるほど目を大きく見開き、俺を信じられないモノを見るような目

で見つめた。

「じょ、冗談ですよね……？」

「生憎《あいにく》だが、これはマジだ」

「えええええ……」

俺は思った。その黒いウレタンマスクの下にある口は、今、この瞬間——間違いなくぽっかりと開かれているに違いない、と。


——それからの桐谷の反応はあまりに極端だった。

ガクガクと肩をマッサージチェアに座っているかのように震わせ、いきなりまなじりには透明な液体が滲《にじ》み始める。

数十秒前に見せた蛮勇はなんだったのか。

桐谷は全力で怯《おび》え始めていた。

「む、無理ですよ……無理です……わたし……死んでしまいます……」

「なにがそんなに無理なんだ」

「だ、だって牧田さんに千代田《ちよだ》さんにココちゃんですよ……!?　二年二組が誇る三女神じゃないですか……!?」

「女神とはまた大層な表現を……」

どう考えても三人とも人間である。神扱いするなんて、さすがに彼女達《たち》を過大評価し過ぎではないだろうか。

が、発言者である桐谷《きりたに》は大マジだったらしい。桐谷は声を張り上げて、

「全然大層じゃないです！　牧田さん達と同席するとか、男性である月村《つきむら》さんとは、また別の圧力が掛かるんですよぅ！」

「ほう。具体的には」

「うぐっ!?　え、ええと――」

ちらりと視線を逸《そ》らした桐谷が、ぼそりと言った。「女子としてのレベルがＨ Ｒ《ハンターランク》換算でわたしが一だとしたら、お三方は上限開放済みなくらいは違うかと……」

「なんなんだ、その謎の指標は……」

早くも恒例となりつつある、まるで意味が分からない喩《たと》えをぶつけられ、さすがに俺も当惑してしまった。すると桐谷は申し訳なさそうに
「あっ……す、すみません！　ＨＲっていうのはモン●ンのレベルみたいなものです！」

「モン●ン……モンスター●ンターか」

「はい！」

「好きなのか？」

「去年、新作が出たんですが、中学以来やってません！」

「……」

衝撃の展開である。颯爽《さっそう》とモンスター●ンターの喩えを持ち出して来たと思ったら、言うほど好きな作品というわけでもなかったなんて！

「……じゃあ、どうして喩えに出したんだ」

「え、えっと……瞬間的に、思いついたから……でしょうか……？」

「…………」

俺は頭を抱えたい気分になった。

――やはり桐谷羽鳥《はどり》という少女には、こういうところがある。

彼女は思いついたことをその場の空気を読まず、すぐに口に出してしまう。

それだけならば単なる「ＫＹ」となるが、桐谷の場合はここにオタク的な語録や専門用語の引用が加わってくる。

要するに、とびきりの「言いたがり」なのだ。

後処理のことを一切考えていない。刹那的にもほどがある。

「……予定を変更するぞ、桐谷。奏達《かなで》のところに行く前に、最初の指導――いや、レッスン、を始める」

「へ？」

「桐谷が三人にビビりまくってるのは理解した。だが、それでも俺は君を無理矢理にでも連れていく。君の未来に三人の協力が必要だと考えているからだ。それに君自身も、早速、ここで三人のところに行くのを拒否出来るワケがないとは薄々気付いているだろう？」

「はうっ!?」

　桐谷がびくんと背中を震わせた。

「そ、それは……はい。もしわたしがここで駄々を捏《こ》ねたら、間違いなく月村さんは養豚場の豚を見る目でわたしを見下ろした末に、最後に『クズが。消え失《う》せろ……』とドSに言い残して、お会計もせずにわたしを置いて去っていってしまうと思います」

「……」

　桐谷はいったい俺をどういうイメージで見ているのだろう……。

「奢《おご》ると言って誘ったのに、結局相手に金を出させる方が圧倒的にクズだと思うが……まあいい。その過剰な妄想はともかく、そうなった場合、俺が君に少し失望してしまうのは確かかもしれないな」

「うっ……」

「安心しろ。君は何だかんだゴネはするものの、最終的に俺に付いてくる。ちゃんと勇気のある子なんだ。だから、まずは少しだけ自信を付けてもらう」

「じ、自信……」

「そうだ」

　そして俺は言った。

「桐谷が奏達の前で要らない恥を掻《か》かないように、君の癖を何とかしてから店の方には行くとしよう」

「癖、ですか？」

「ああ。多分、自覚はあると思うんだが――桐谷はよく会話の途中で語録を使うよな」

「ご、語録……？」

桐谷が首を傾《かし》げた。

いかん。これは俺の中の言葉だ。一般的な単語に訳すと――そうだ。

「すまん。今風に言うと……パロディか」

「あ……」桐谷が大きく頷《うなず》いた。「そ、そのことですか！　だったら分かります！」

「自覚はあるわけだな」

「は、はい。わたし、好きなキャラクターのセリフを言うのが凄《すご》く好きで……！」

「なるほど」

俺は頷いた。

「――それ、やめないか？」

「……」

桐谷が大きく目を見開き、そして。

「…………え？」

完全に動作を停止させた。

三章　渋谷にて

思い返せば、桐谷羽鳥は事あるごとに様々な漫画やアニメ作品のパロディやネタを口にする女の子だった。

『おまえの命がけの行動ッ！　わたしは敬意を表するッ！』

『答えは沈黙』

『憧れは理解から最も遠い感情』

実際、俺が気付かなかっただけで他にもパロディ発言をしているかもしれない。

だが、この辺りは元ネタが分からない俺も、その場の雰囲気で、明らかに彼女が語録を使用しているなと察することが出来たものばかりだ。

パロディを口にするとき、桐谷は露骨に嬉《うれ》しそうにするのでモロ分かりなのである。

だが、これらには大きな問題がある。

使用する際、多くの場合で微妙に内容とそぐわない——だけではない。

もっとコアな問題だ。

「桐谷。君は、今まで俺の前で自分が口にしたパロディ台詞《せりふ》を覚えているか？」

俺は訊《き》いた。

すると、桐谷はキョトンとした様子で、

「えっと……そ、それはジョジョ……ですか？」

　──質問に質問で返して来た。

「……なんだって？」

「え、いや、その……今のは第一部のディオ様の台詞で、食べたパンの数のことなのかなって……ええと……お、思ったん……ですけど……」

　桐谷の声が異常なまでに小さくなってしまった。

　しかも何故《なぜ》か、視線が落ちて、マスクから覗《のぞ》く頬や耳が真っ赤になっている。

「第一部？　パン？」

　本気でワケが分からない。

　いや、待て。ジョジョという漫画の存在は知っている。もしや俺の発言が、そこに出て来る有名な言い回しと、たまたま酷似していたということか？

「……今、まさに桐谷の悪いところが出たな。悪いが俺はその漫画を読んだことがないんだ。紛らわしい発言をしたのは申し訳ないが……」

「そ、そうだったんですか……！」

「ただ、こういうことなんだよ、桐谷」

　この話題は俺が伝えたいこと、そのままだ。

「桐谷が知っていて当然だと思っていることでも、世の中には通じない相手がたくさんいるってことを認識してもらいたいんだ」

「あ……」

「俺の考えを話すぞ。桐谷は事あるごとに自分を『オタク』だと強調していた。つまり、俺のことは『オタクではない』と知っていたはずなんだ。ところが、桐谷は俺との会話の節々で何度も色々なパロディを使っていた。そのパロディが目の前の人間に通じるかどうかを全く考えずに――」

「……！」

「これはアニメのパロディだけに限らない。時事ネタやスラング、内輪ネタ、それに専門知識……色んなことに応用出来る考え方だ。唐突に自分にわかるはずもない話題を吹っ掛けられて、好意的に思う人間はいない。『こいつは話の内容を伝えるつもりがない』となるし、『自分とまともに接するつもりがないな』と思われて当然なんだ。

もしも、目の前にいる相手のことをしっかりと考えているなら、ああいう会話には絶対にならない。言っている桐谷本人は楽しいかもしれないが、言われた側の人間は困ってしまうだけなんだよ」

「あ、あああ……す、すみません、わたし、わたし……」

桐谷がマスクの上から両手で口元を押さえた。

「月村さんに、な、なんて失礼なことを……！　安易にジョジョとかブリーチとかハンタのパロディばかり言っちゃう限界オタクですみませんでした……う、ううう……」

ヒンヒンと呻《うめ》いている彼女を見ながら、俺は慰めの言葉を掛ける。

「……まぁ俺にも落ち度がある。その辺りはどれも有名作品だろ？　桐谷《きりたに》としてもこの辺りなら理解してもらえると思ったんじゃないか？」

「い、いや、そういうわけではないんですが……でも、本当に有名な作品なのは確かです。三作とも部数も数千万部くらいありますし、アニメ化もしてます。ジョジョは第五部アニメが絶賛放映中です。神なんです。ハンタは休載期間になって半年近いです……安西《あんざい》先生、新刊が読みたいで——ハッ!?」

瞬間、机に突っ伏していた桐谷が顔を跳ね上げた。

自分で自分が信じられない——そんなギョッとした表情を浮かべている。

当たり前だ。

パロディの多用を直せと言われたのに、それを懺悔《ざんげ》する中で息をするように他のパロディを口にしてしまったのだから——

もはや、それは絶望でしかない。

「桐谷……」

「あ、あはは……」

桐谷の乾いた笑いが虚《むな》しく店内に木霊する。

「今のはスラムダンクだな。さすがに俺でも分かったぞ」

「ま、まさに『癖になってんだ、パロディ交じりで話すの』って感じですね……あ、ああ

あ、すみません……また言っちゃいました……！」

「……改めてパロディ断ちが必要なようだな」

ここまで行くと、断酒会ならぬ「断パロディ会」にでも連れていかねばならない深刻な症状な気がするが、今の桐谷は取り乱しまくっていて、胸の奥から込み上げるパロディの渦に呑《の》まれているだけのような気もする。

さっきまでの桐谷は、ここまで忙《せわ》しなく語録を乱発してはいなかった。まずは話題を少しスライドさせて、彼女を落ち着かせるべきかもしれない。

「あの、月村《つきむら》さん。これはご相談なんですが……」

「どうした？」

「つまり、わたしってオタクを辞めないと自分を変えられないんでしょうか……」

桐谷が沈んだ面持ちで尋ねる。

言葉が少し重い。それは「覚悟」の重さだと思った。

俺はすぐさま首を横に振った。

「その必要はない。趣味を変えなくても桐谷は変われるさ」

「そ、そうなんですか……？」

「ああ。むしろ、大事なモノを捨ててまで、偽りの変化を求める方が間違っていると俺は思うよ。だからオタクは続行でＯＫだ」

亮介《りようすけ》が言っていた。

『羽鳥《はどり》ちゃんってすごく明るいじゃないか。友達と話しているとき、メチャクチャ楽しそうで、テンション高くて……』

あのときは意味がわからなかったが、今となっては俺も亮介に同意出来る。桐谷が大好きなモノを語るときに見せる、瞳の輝き――あれは、とても良い。

生き生きとしていて、一緒にいるだけで元気を貰《もら》えるような気持ちになる。

桐谷がいずれオタク趣味以外に熱中出来るものが見つかって、オタクを辞めるのならばそれは仕方ない。だが、好きなのに、辞める理由は一切ない。

それを捨ててしまってはダメだ。

亮介が好きになった部分を捨てさせるなんて以《もっ》ての外《ほか》だし、そもそも俺だってそんな桐谷は見たくない。

「誤解させたなら謝るが、完全にそういう話し方をやめる必要はないんだ。俺だってパロディは分かる奴《やつ》相手に使うと、とんでもなく面白いことは知ってるからな」

「つ、月村さんもパロディなんて使うんですか？」

「そりゃそうさ。『パロディ』という単語を見かけることは、ほとんどないが。概念自体はオタク用語でもなんでもないぞ」

これは単純に桐谷がどっぷりとオタク界隈《かいわい》に浸《つ》かりすぎていて、他のジャンルに対する知識が皆無に等しい故に起こる誤解かもしれない。

パロディと、それからオマージュ、インスパイア――あとはパクリか。

これはもはやオタク界隈やエンタメ業界すら飛び越えて、俺達《たち》の生活の中に深く根付いた概念なのだ。

「そうだ。この店の名前なんかも立派なパロディの一種だな」

「へ……」

桐谷が驚いた様子で、机の脇に寄せてあったメニューを手に取った。

「『イーハトーブ』というのは宮沢賢治《みやざわけんじ》が作品の中で使っていた言葉なんだ。マスターの故郷が岩手で、宮沢賢治は岩手出身として有名だからな」

「宮沢賢治……『銀河鉄道の夜』、とかですよね。どういう意味の言葉なんですか？」

「たしか『理想郷』だったかな」

「へぇ……」

喫茶店の名前としては洒落《しやれ》が利いていて実に趣き深いと思う。難点を挙げるとすれば元ネタが有名過ぎるせいで、同じ店名の喫茶店が全国に複数あることぐらいか。

「わかってもらえたかな。とにかく、パロディを無闇矢鱈《やたら》に使ってしまうのは、桐谷にとって大きな課題なんだ。

そこで提案だ。まずは今言ったことを意識するだけで、全然違うと思う。自分の問題を全く認識していない状況がとにかく最悪だったわけだからな。今まで桐谷がクラスで話す相手は、オタク趣味を完全に理解してくれる奴らだけだったから良かったかもしれないが……これからは他のグループの人間とも話す機会が増えるだろうからな」

「うっ……!?」

「ピンと来たな？　そして話は戻って来る。桐谷の言うところの『三女神』についての話だ。奏《かなで》にはファッションや音楽ネタしか通じない。静玖《しずく》は俺と趣味が似ていて、実写ドラマと映画が主戦場だ。ただ……ココは例外かもしれないな」

「えっと、ココちゃんは……アニメとかゲームがお好きですよね……？」

そう、これは嬉しいイレギュラーだ。

二年二組の最上位カーストに位置する三人の女子のうち、一人の趣味が桐谷と同じくオタク系なのである。

「そのはずだ。ココはヴァーミリオンヘッズにも詳しかったぞ」

「そ、そうなんですか!?　まさかココちゃんもゲームの方を――!?」

「いや、ココはゲームが下手みたいでな。自分にはヴァミへは難し過ぎると言っていた気がするな。なんだったかな。主に『ハムのゲーム』しか出来ないとかなんとか……」

「あ……周回ゲーってことですね。な、なるほど。じゃあ仕方ないですね……」

桐谷がしゅんと肩を落とした。

そういえば桐谷はココのことを初めから「ココちゃん」と呼んでいるし、彼女に対して多少の親近感を抱いているのかもしれない。

二人の趣味が近いこと――

これは俺としても桐谷のカーストを上昇させる上で、大きなポイントになるのではないかと思っていた。

「——さて、じゃあそろそろ行くとしようか」

「っ……！」

「大丈夫だ。そんなに緊張しなくてもいい」

俺は言った。

「あいつらは君を取って食ったりはしない。むしろ何よりも怖いのは——変なことを言って空気を凍らせて、君が自責の念で潰れてしまうことだけなんだからな」

▲ △ ▽ ▼

奏に来るよう指示されたのは奇《く》しくも先日、亮介と一緒に鍋を囲んだ八王子にある「しゃぶ葉」だった。

元はと言えば、この店は以前、奏と二人で出掛けたときに俺が紹介したのが発端で、それ以降、奏は学校近くの店も含めて、このチェーン店をよく利用しているようだ。

やはり、しゃぶしゃぶは不思議と女子ウケがいい。

同じ肉を食べる店でもステーキや焼肉は脂がたっぷりでドギツい印象があるが、実際のカロリーはさておき、しゃぶしゃぶはヘルシーでサッパリしているイメージがある。

それに「食べ放題」という単語は極めて魅力的だ。

女子同士でも何度も足を運びたくなる魅力があるのかもしれない。

「こんなにすぐ、またしゃぶしゃぶを食いに来る羽目になるとはな……」

時間は五時半。

ディナーが始まったばかりであり、電車のピークタイムよりも少し早いこともあって店内の客入りはまばらだった。

そんな中、店の最奥に華やかにも程がある三人組の姿があった。

「……やっと来た」

「響《ひびき》だー。おーい！」

「ヒビキくん。こっちだよー」

牧田《まきた》奏。

千代田《ちよだ》静玖。

薬師寺《やくしじ》ココ。

ニコニコ顔の後者二人とは違って、奏だけは露骨に機嫌が悪い。ブスッと頬を軽く膨らませ、腕を組んで俺を睨《にら》みつけていた。

俺は一直線に三人の元へと向かう。

「すまない。交ぜてもらっていいか」

「もちろんいいよー。むしろ、響が来てくれないと話が進まなくてさぁ」

「なに？」

「カナデちゃん、大分お怒りなんだよね……」

静玖とココが苦笑しながら、空気をピキピキと歪《ゆが》ませている当の本人を見つめた。

奏は座席の背もたれに体重をグイッと預け、空いていた自身の隣の座席をぶっきらぼうにパンパンパンと三回叩《たた》いた。

——ここに座れ、ということだ。

俺はササッと身体《からだ》を滑り込ませ、ぶーたれたままの彼女と対峙《たいじ》した。奏が恨みがましい眼差《まなざ》しで俺を見つめ、言った。

「——久しぶりに、あんな恥ずかしい思いしたよ」

「……」

「高校生にもなって、あんなに喚《わめ》き散らす子が同じクラスにいるなんて思ってもみなかった。マジでありえない。本当に、本当に恥ずかしかった」

そのときの記憶が蘇《よみがえ》って来たのか、奏の真白い首筋がほのかに赤らんで見えた。

奏はツンとして見えることが多いが、実際はかなり打たれ弱い部分がある。特に予想外の展開に直面するとテンパってしまうタイプだ。

それだけ桐谷を俺との待ち合わせ場所に連れて来るのに苦戦したということだ。

こればかりは俺も想像していなかった。

奏なら、むしろ誰よりも桐谷をスマートに同行させることが出来ると思っていたくらいなのだが……現実は難しい。

「すまなかった。埋め合わせは何でもする」

俺は素直に頭を下げた。が、依然として奏の眼差しは冷たい。

低い声で奏が答えた。

「当然だよ。それから、他に言うことあるでしょ」

「……ああ。そうだったな」

俺は顔を上げ、視線を店の入り口側に向けた。そして声を張り上げ、彼女の名前を呼んだ。

「桐谷《きりたに》、来てくれ！　改めて三人を紹介する！」

「…………」

「ん？」

だが返事がない。

そんなわけがあるか。ほんの十数秒前まで一緒にいたわけだし、店にも揃《そろ》って入って来たのだ。こんな短時間でいなくなるはずが――

「……ちょっと待っていてくれ。桐谷を捜して来る」

俺は席を立ち、店の入り口へと向かった。

そして――一分後。

「ひ、ひいいい……っ、月村さん……」

「桐谷。おっかないのは分かるが、覚悟を決めろ」

「そ、そんな……」

「ここでビビると何も始まらないぞ」

「ううう……そ、そうですよね……『今日逃げたら明日はもっと大きな勇気が必要になる』ってことですね……ああ、また言っちゃった……分かってます！　失言だけはしません！　重々承知ですっ……！」

ぶるぶると震えながら桐谷がやって来る。口にしている台詞《せりふ》も実に勇ましい。その通りだ。最初の小さな一歩を踏み出すことが、何よりも大事に違いない。

「おー、本当に桐谷ちゃんだ。こんにちは！」

「よろしくね、キリタニさん」

「は、はいぃ！　桐谷羽鳥《はどり》です！　皆さん、今日は同席させて頂きますぅ！」

静玖とココがにこやかに桐谷を迎え入れる。

一方で桐谷は声を上擦らせ、二人に対して深々と頭を下げた。

会釈なら分かるが、クラスメイトに対して、ここまで畏《かしこ》まった礼をする必要はないと思うのだが……これも今後の改善点の一つだろう。

「桐谷。こっちに——」

ただ、これはつまり、桐谷の「緊張の表れ」なのだろう。

俺はジェスチャーを交え、桐谷を自分の隣の席に誘導しようとした。注目が集まるシチュエーションで手持ち無沙汰にさせるのは桐谷にとって酷だ。

男の隣はイヤかもしれないが、最初に座る場所くらいは指示してあげた方が桐谷としてもやりやすいと思ったのだ。

が、次の瞬間――

「桐谷さん、そこに座って。響の隣」

俺が言うよりも早く、奏が思っていたのと全く同じ台詞を桐谷に言い放ったのだ。

「いいよね、響」

奏が強い眼差しで俺の方を見つめながら言った。

「もちろん。今、俺もそう言うつもりだった」

「それじゃあ遅いよ。桐谷さんが困ってからじゃダメでしょ？　桐谷さん。そこ座って」

「は、はい……」

突然のエスコートに桐谷が目を白黒させる。

――奏が場を仕切り始めた。

奏が普段からは考えられないほど積極的に場を回し、桐谷をそのままの流れで着席させた。尚《なお》も彼女の猛撃は止まらない。桐谷が座るや否や、次は待ち構えていたとばかりにメニューを差し出すと、

「桐谷さん。ここって全品コースのお店だから、人が増えたら追加注文しないといけないんだ。あたし達《たち》は三元豚食べ放題コースなんだけど、それでいい？　千円超えで少し高いとは思うけど、響が多分代わりに出してくれるから安心して」

――奏の様子が明らかに違う。

普段の奏ならば複数人で食事に来た際の仕切りは全部俺に丸投げで、料理の取り分けや配膳なども当たり前のようにノータッチ。自分はひたすら食ってばかりの「姫プレイ」に興じることがあまりに多かった。

奏がこんなに気配りをするなんて前代未聞にも程がある。

静玖とココもキビキビと働く奏に驚きを隠せないようだ。俺も一瞬、奏が他人に対してこんなにも気配りをするなんて変なモノでも食べたんじゃないかと思ったが……ふと、思い当たる節があることに気付いた。

奏は、桐谷を怖がらせないように頑張ってくれているのかもしれない、と。

「(俺をサポートしてくれてるんだな)」

奏は外見で誤解されがちだが、こう見えてビビリで、優しい子なのだ。俺に対して甘えたり、ワガママ放題に接するのが、むしろ特殊なパターンなのである。

だから俺が桐谷を連れて来たことで、奏は気持ちを切り替えた。

――彼女を助けてあげなくては。

実際、桐谷のようなタイプの子があまり馴染みがない相手しかいない場所に叩き込まれて、精神的に重圧を感じないわけがない。

奏はそれをすぐに察してくれて、率先してまだ事情をそこまで知らない静玖やココとの繋《つな》ぎ役を買って出てくれたということなのだろう。

さすが俺の彼女だ。

俺もここは奏《かなで》に乗っからせてもらうとしよう。

「奏の言う通りだ。桐谷の分は俺が出す」

「えっ……!?　で、でも、悪いですよ！　こんなに高いお店なのに……」

「そう？　せいぜい千円くらいだし、大丈夫だよ。響はバイトもしてるし」

奏が真顔で俺の方を見た。

「響の分と桐谷さんと、それからあたしの分だから三人前……えーと四千円ちょっとなのかな。まぁ、それくらいなら大丈夫だよね？」

「……」

具体的な数字を出されたことで、思わず俺は息を呑《の》んでしまっていた。

四千……。

言うまでもないが、学生には中々厳しい数字だ。俺が唇を嚙《か》み締めるのを見て、奏が口元に小さな笑みを刻んだ。

「フフッ。どうしてもって言うなら、あたしが全部出してあげてもいいよ。もちろん、響にはそれなりの条件は呑んでもらうけど」

「……どうせバイトを一日返上して、その時間を自分に使えって奴《やつ》だろう?」

「そうそう。ちゃんとわかってるね」

現役売れっ子女子高生モデルであり、しかも雑誌と専属契約まで結んでいる奏は相当に良い額の給料を貰っている。

この歳《とし》で既に立派な納税者なのだ。仕事の確定申告も「よく分かんないから代わりに響がやって」と今年、去年と丸投げされてやらされたのだ。奏は自分の年収を曖昧《あいまい》にしか知らないが、俺は下一桁まで具体的に知っているわけである。

そして、その度に思うのだ——所詮、学生バイトの料金でしか働けない俺と、芸能人の奏とでは、労働者としての格が違いすぎる、と。

ニッと笑いながら奏が続ける。

「時給八百五十円のバイトなんて響の人生には無駄だもん。お金ならあたしが全部出せるんだから、響はバイトする時間を全部あたしに使った方がコスパがいいと思う」

「出た！　また奏が響をヒモにしようとしてる！」

「だって本当のことだもん。定期的に、響には考えを改めてもらわないと」

静玖《しずく》が囃《はや》し立て、奏は深々とため息をついた。

——なにが考えを改めてもらわないと、だ。

高校二年で進路をヒモに定めて堪《たま》るものか。汗水垂らして稼ぐ八百五十円には、同じ金額を女子に奢《おご》ってもらうよりも尊い価値があるのだ。

「あのなぁ……それじゃあ俺がただのダメ人間になってしまうだろ」

「そうだね」奏がコクコクと頷《うなず》く。

「一瞬で納得しないでくれ。俺が言いたいのは、そんな風になったら奏だってイヤだろってことだ」

ココも興味津々という感じで質問する。桐谷は小さく会釈を返して、

「一応、唇に触れないように食べてはいます」

「そうなんだ。徹底してるんだねぇ」

「凄《すご》いだろ？　俺もさっき初めて間近で見たんだが、びっくりしたよ」

「なるほどねー。いや、それはいいんだけどさー、響」

そのとき、ぴしゃりと静玖が言った。「結局、なんで桐谷さんと響が一緒にいて、しかもここにまで連れて来たわけ？」

「聞きたいか？」

「当たり前でしょー。私、ずっと疑問だらけだよ。説明してー」

「そうだね。たしか、ワタシ達《たち》になにか相談したいことがあるとか……」

ココも話に乗っかって来た。

俺は大きく頷いて、

「ああ、そうなんだ。実は桐谷から頼まれ事をされてしまってな——桐谷の奴、イ、メ、チェ、ン、を、し、た、い、らしいんだ。そうだよな、桐谷？」

「えっと……は、はい……！」

桐谷がブンブンと頭を大きく振った。

——もちろん俺達の目的は正確に言うと、単なるイメチェンではない。

桐谷の望みは「誰からも馬鹿にされない存在になる」ことで、そのために彼女は自分を

変えようと決意を固めた。

一方で俺は裏目標として「桐谷のクラスカーストを我藤美紀《がとうみき》よりも上にする」ことを掲げていて、この目標を達成すれば現在・進行不可となっている亮介《りょうすけ》の恋路が間接的に開放されると推測していた（結果的にその恋が成就するかは不明だが）。

しかし、この辺りの話を全て説明するとなると、桐谷は他の子に対しても俺にしたのと同じような打ち明け話をせざるを得なくなる。

それはあまり好ましいことではないだろう。誰だって、心を晒《さら》す人間は少ない方がいいに決まっている。

そこで俺達は事前に口裏を合わせてあった。今の状況を他者（奏は言わなくても大体察してくれるので、主に静玖とココだ）に説明する場合、『桐谷はイメチェンをしたくて、それに俺が協力している』というテイで行こうという話になっていたわけだ。

結果――

「ほほう。イメチェンねー」

「ああ、そういうことかぁ」

二人とも、ある程度は納得してくれたようだった。むしろ彼女達はこの意外な提案に興味を持ったようで、

「なになに。桐谷ちゃん、なんで急にそんな風に思ったの？　もしかして好きな男子が出来たとか？」

「い、いえ……そういうわけではないんですけど……」

「ありゃ、違うんだ」

「は、はい……どちらかというと、わたしは『自分を変えたい』と思って……」

「……ほーう？」

静玖の目がキラリと光ったように見えた。

「なるほどなるほど。こりゃまた、中々大変なことを言いますなー」

「え……」

「あ、ごめんごめん。今ちょっと思っただけだから。うん、これからの頑張り次第ではどうとでもなると思うよー」

「は、はぁ……」

静玖は明らかに含みのある笑みを覗《のぞ》かせる。桐谷もぎこちなく首を縦に振る。きっとマスクの下では、引き攣《つ》った笑いを浮かべているに違いない。

すると、ココがスッと小さく手を上げて、

「もしかして、キリタニさん……脱オタしたいの？」

真剣な眼差《まなざ》しで尋ねた。

「え……」

「ごめんね。ワタシ、そこまでキリタニさんのこと知らないから推測になるけど、キリタニさんってアニメとかゲーム、好きな人……だよね？」

「は、はい」

「じゃあ、今言った『自分を変える』の中に『オタクを辞める』は入ってる？」

「それは……」

　ココの質問に一瞬桐谷は黙り込んでしまった。だが言葉が途切れたのはわずかな間だった。すぐに桐谷は明朗な言葉で回答を始める。

「ああいや、それは……考えてません」

「あれっ。そうなんだ？　オープンオタを辞めて隠れオタに転生するみたいな、そういうことなのかと一瞬思っちゃったんだ。それで隠れオタの知識を活かして、新しい世界で無双する、みたいな？」

「あ、あはは……それは……難しい気がします。わたしが言うと虚《むな》しくなりますけど、オタクの知識なんて、大体役に立たないものしかないですし……それにわたし、雨と埃《ほこり》だけ食べて生きてて、基本的に何も作れない無産オタクなんで……」

「うーん。それはどうかな。少なくともキリタニさんは努力をするつもりみたいだし、師匠が言ってた相手とはまた違うと思う。それに無産云々《うんぬん》なんて、ワタシもそうだから別に関係ないと思うけどなぁ……」

「え？」

「あ……ご、ごめんね！　ちょっと変なこと言っちゃった！　今のは忘れて！」

　語気を強め、慌ててココが自分の発言を撤回した。「そっか。とにかく――キリタニさんはオタク趣味に飽きたってわけじゃないんだ？」

「は、はい！　だってオタクじゃなくなったら……わたしじゃないですから」

桐谷が強い口調で言った。

「なるほど……ありがとうね。質問に答えてくれて」

そして、ココがふわりと笑った。

質問の内容は実にクリティカルなモノだった。自分を変えたいと桐谷が言って、すぐに「脱オタの意思」へと話を持って行ったのは同じくオタク趣味を持っているココならではの着眼点だと言えるだろう。

そして——パロディの使い方も、おそらくは完璧だった。

ここまで桐谷は発言自体が控えめで、難点であるパロディジャンキーの片鱗《へんりん》をほとんど見せなかった。必死に己を戒め、我慢していたのだ。

だがココとの会話で——リミッターをわずかに開放した。少しずつ、相手の様子を確認しながら、桐谷は使える語彙や専門用語を選択したに違いない。

そしてココがそれに乗ってきてくれた。

付け焼き刃ではあったが、確かに先程俺が伝えたことの結果が出ているのだ。

と、ここで。

「まぁそういう感じ——響《ひびき》はあたし達に桐谷さんのイメチェンに協力してもらいたいんだって」

一人黙ってパクパクと肉を食べ続けていた奏《かなで》が、ゆっくりと口を開いた。

「あたしは面倒臭いって言ったんだけど、響はどうしても桐谷さんを放っておけないみたい。だから嫌々だけど、協力してあげることにしたの」

そして少し緊張した面持ちで、奏が対面する二人に言い放った。

「だから、その。静玖《しずく》とココもどうかなって」

「「…………」」

一瞬、場を静寂が支配した。

しかし。

「私は全然いいよー」

静玖が首を縦に振る。続いてココも、

「そういうことならワタシも協力するよ。でも、ワタシに何が出来るのかはちょっとよくわからないけど……」

少しだけ自信なさげに言葉を濁らせた。一方、静玖は明らかに声色が落ち着いた感じだ。事態を把握したからこそ、冷静な意見を言おうと頭を働かせていると見た。

静玖が続ける。

「でも、どうなっても責任は負えないかなー。今って二年の六月でしょ。高校デビューには相当遅いよねぇ。あと今後、学校で私達に絡む――っていうのも今の状態だと、なんか違う気がする。それはいいの？」

「やはり、そう思うか？」

「そりゃあねー。だって、いきなり私達のグループに桐谷《きりたに》さんを入れて云々って話じゃないよね、これって」

静玖の言うことはもっともだ。

学校で俺達が桐谷と絡む機会を増やすこと自体は容易《たやす》い。

だが、それを見て、周りの人間はどう思うだろうか？

桐谷が、奏や静玖、ココと一緒にいる姿に、違和感を覚えるはずだ。

俺達はクラスカーストにおいて「誰よりも高い場所」に立っている。そこに無理矢理、桐谷を連れて来ても何の意味もない。むしろ下手に揶揄《やゆ》する人間が増えるだけだ。

それでは桐谷の目的は達成されない。

皆に一目置かれて、決して馬鹿にされないような人間――桐谷の理想を叶《かな》えるために必要なアプローチは一つだけ。

――桐谷自身が変わってみせて、それを周りの人間に実感させるしかないのだ。

▲　△　▽　▼

桐谷は自分を変えたいと言った。そして、実はその言葉には続きがあると勝手に俺達は解釈している。

——変わった自分を、他の人に受け入れてもらいたい。

ただ変化したいだけなら一人でも出来る。だが、それでは意味がない。夏休み明け、いきなり髪を金色に染めて登校してくるクラスメイトがいたら、人はむしろサァッと音を立てて離れていく。俺は桐谷のクラス内での地位獲得を目指している。それには桐谷の本質的な変化が必要不可欠だった。

「それは俺に任せてくれ」

「お。響、なにか考えてるの？」

「当たり前だ。イメチェンして、それだけで終わったら意味がないだろ」

「あはは。そりゃそっか。というか……響が関わってるなら、あたしは好き勝手に思ったことをやってればいいってことだね？」

「あまり勝手にやられても困るが、な」

「大丈夫だよ。あたし、正しいことしか言わないもん。例えば——」

静玖がビシッと桐谷の顔を指差した。

いや、正確には——

「まずは、そのマスクを取ってみよう、とかね♪」

桐谷の黒色のウレタンマスクを指し示していたようだ。

「え……」

「むしろかなりお手軽だと思うんだよねぇ。普通の子はイメチェンしようと思って髪型とかを変えても案外気付いてもらえないし、学校なんだから制服しか着られないから洋服で新しい自分をアピールはできないし。でも、桐谷ちゃんがマスクキャラなのは皆知ってるから、その分ギャップもすごいと思うんだ」

「あ、たしかに。ワタシも桐谷さんがいきなりマスクを外して登校してきたら、すごく気になっちゃうかも」

「でしょでしょー?」

ウキウキで自身のアイディアをアピールする静玖。奏もこの意見には賛成だったようで、

「マスクを外すなら、軽くメイクもした方がいいね」

「そうだね。奏が教えてあげたら?」

「あたしは構わないよ」

「響はどう思う?」

「俺か? 正直、今はなんとも言えないというのが本音だ」

「えええっ!? なんで、こんなに完璧で手軽なイメチェン案なのに!?」

「そう言われてもだな――」

ちらりと俺は桐谷の表情を窺った。「本人が構わないならいいが……いきなりやるにしてはハードルが高過ぎる気がするな。桐谷はどう思う?」

「わ、わたしは……」

「っ――」

桐谷が顔を伏せたのを見て、静玖が「やらかした」という感じの表情を覗かせた。彼女が拒否反応を示しているのは間違いなかった。

しかも、反応が割合重めだった。

やはり、のっぴきならない事情があると見るのが妥当だろう。

「ご、ごめーん！　えーと、今のはやっぱりなしで！　そうだよねぇ……ちょっと空気読めなかったかもしれないね。アハハハ！」

「あっ……す、すみません……！」

桐谷が頭を下げる。

「えっと、ご説明しますと、口元に傷とかがあるわけではなくて……」

「それでもマスクを外したくない理由があるんだな？」

「……はい」

こくりと桐谷が頷《うなず》いた。

「お、お願いしている身の上で大変申し訳ないのですが、で、出来ればマスクを外す以外の方法を考えて頂けるとありがたいと言うか……」

恐縮しながら、それでも確かな口調で桐谷が言った。この流れを遮って、マスクを外すことを拒否するのは中々勇気のいる行動だったと思う。

やはり桐谷はそれだけ大きな理由があって、マスクを身につけているということだ。

ならば仕方あるまい。

ここは彼女の意思を尊重して――

「………でも、桐谷さんってちょっと、贅沢《ぜいたく》だよね」

不意に奏がぼそりと呟《つぶや》いた。

「ふえっ!?」

強烈な単語を浴びせ掛けられ、桐谷は背中をビクンと震わせた。そんな中、不機嫌そうな顔付きの奏が、まじまじと桐谷の顔を覗《のぞ》き込む。

奏が言った。

「マスクを外さずにイメチェンさせろって、それってかなりハードな注文だよ。マスクってファッションアイテムとしては存在そのものが超高難易度なんだから」

「そ、そうなんですか……?」

「そうなの。桐谷さんは小顔な方で、しかも黒のウレタンマスクでしょ。顔のド真ん中にそんな黒い布があったら、他のコーディネートとか超難しくなるんだから。鼻から下だけが不細工でも誤魔化せるとか、メイクが楽になるとか、メリットだけじゃないの」

「は、はぁ……」

「っていうか、髪……なにこれ?」

「え……」

「…………ちょっと響。なんで言ってあげないの？」

急に奏のターゲットが変わった。

「……俺に何を言えというんだ」

「桐谷さんの髪の毛だよ。よく見たら、グシャグシャじゃん。響は気付いてたでしょ？」

「まぁ、その……参ったな」

桐谷の手前、ここでイエスと言うわけにはいかないのが苦しいところだった。

もちろん俺は気付いていていた。

だが、同時にこれを指摘するのは鬼畜すぎると思い、黙っていたのである。

――異性から身嗜《みだしな》みを指摘されるのは、言われた方の精神的ダメージが大きすぎる。

それも単に服が似合う、似合わないといったセンスの問題ならまだマシだ。

これが「清潔感」に関わる指摘となると、男女問わず、言われた方は心に途轍《とてつ》もないダメージを負ってしまう気がする。

だから言わなかった。

こうして奏に怒られた今でも、絶対に言うべきではなかったと強く思う。

「か、髪……え、えっと、わたしの髪ってそんなに……？」

それ見たことか。

桐谷は明らかに動揺した様子で両手でガサガサッと自身の頭を触った。不潔というわけではないが、明らかに髪が硬そうに見える。

「そんなに問題だよ。まったく……静玖。ブラシ持ってる？　あたし、ポーチを家に置いてきちゃったから今、持ってないんだ」

「あるよー。これでいい？」

「ありがと」

静玖からピンクのハーフブラシを受け取った奏は改めて桐谷に向き合った。そして有無を言わせず、桐谷の髪を梳《と》かし始めた。

「ひっ――わわわっ!?」

ギロリ、と強烈な眼光で奏が桐谷を睨《にら》みつける。

「動かないで。手元が狂うから」

「は、はいぃいいっ！」

「……うん、いいよ。しばらく、そのまま」

「う、ううう……」

「いや、でも……ああ、これって……」

「へ……」

「なんて、ことなの……こんな……酷《ひど》い……」

「え、ええええ……!?」

髪を梳かしながら奏が生々しい悲鳴を上げ始めたので、当の本人である桐谷は、相当にビビリ始めたようだった。

「桐谷さん。あなた、髪の手入れを本当に何もやってないんだね……」

「え、えっと……は、はい……」

桐谷が顔を真っ赤にして、恥ずかしそうに俯《うつむ》いた。

――クラスメイトの前で、自分のだらしなさを指摘されるなんて。

だがお洒落《しゃれ》番長モードに入った奏《かなで》は、ある種、求道者めいた感覚で行動する。オブラートに包んだ言動で相手を労《いたわ》ることなど今の奏には不可能だった。

「女子として結構有り得ないと思うよ。桐谷さん。髪の毛ってね。手入れしないでいいのはココみたいに、何故《なぜ》か勝手に髪がサラサラになる魔法が掛かってる子だけなの」

「……カナデちゃん。そんな謎の魔法にワタシは掛かってないと思うけど……」

「いやいや？　だってココは何もやってないんでしょ？」

話に入って来た静玖《しずく》が尋ねる。

するとココは困惑の表情を刻みながら、

「そりゃあ二人と比べたら……でもドライヤーくらい使ってるよ。そうしたら勝手に髪はサラサラーってなるのが普通でしょ？　お手入れって他になにか必要なの……？」

「うっ――!?」「ぐぅっ――!?」

ココの無垢《むく》で、そしてある意味、無慈悲な問い掛けに、銃で撃たれたかのような苦悶《くもん》の表情を覗かせる奏と静玖。

「（……クリティカルヒット、だな）」

少なくとも奏が毎夜、自身を出来るだけ美しく保つために膨大な時間を割いていることを俺は知っている。ハッキリ言って、美容意識が希薄な男からしたら衝撃を受けるほどの手間を奏は自身のケアに掛けているのだ。

そうしなければ他人に見惚《みと》れられるほど、美しくなんていられない。あるがままの姿を晒《さら》して賛美を受けるなんて夢物語だ。

——誰だって、努力しなければ美しくあり続けることは出来ない。

結局、あらゆる保全活動を一切せずとも、衝撃的な可憐《かれん》さを保ち続けることが出来るココがあまりに異質過ぎるのだ。

完全なイレギュラー。

もはや異形の存在に等しいと言っても差し支えないだろう。ココの髪は絹糸のようにサラサラだが、ストパーを掛けているわけでもないし、完全な地毛だ。更に言うと美容院にすら通っておらず、なんと髪はセルフカットである。

それでも薬師寺《やくしじ》ココはいつだって最強の美少女なのだ。

そんなココの体質を理解してなのか、とても悲しい目をしながら静玖が乾いた笑いを漏らした。

「いやぁ……ハハハ。それ、普通じゃないんだよねぇ。私なんて毎日一時間はお風呂上がりに髪と格闘してるよ。ちょっと地毛にパーマ掛かってるからさ……」

「誰だってそんなもんだよ。綺麗《きれい》は作るモノだから」奏がソッと静玖の肩を叩《たた》いた。

「だよね……」

「うん。静玖は落ち込まないでいいと思う」

「ありがとう……奏……」

深々と頷き合い、互いに慰め合う奏と静玖。

「綺麗は、作る……？」

一方、桐谷《きりたに》はというと……二人のやり取りに全くピンと来ていないようだった。まるで遠い世界の出来事でも見ているかのような眼差《まなざ》しで二人を見ていた。

それは良くないぞ、桐谷。

「桐谷。今から奏が言うことをちゃんと聞いた方がいい。ここからは、もう他人事《ひとごと》じゃないんだからな」

「え……」

「もうレッスンは始まってると思った方がいい。そうだろ、奏」

「うん。そのつもり」

奏がゆっくりと頷く。

慰め合う時間は終わりを告げた。奏は強い眼差しで未《いま》だにダメージを受けている静玖から視線を戻すと、桐谷に対して堂々と言い放ったのだ。

「桐谷さん――あなたも今日からあたし達《たち》の仲間入りをしてもらうよ」

「え……」

「だって桐谷さんは、自分を変えたいんでしょ？」

わずかに語気を強め、挑戦的な眼差しで奏が桐谷を見つめた。

「マスクを取らないのは、それだけで外見的には大きな制約なの。それでも貫き通すなら、他のところで補ってもらう必要がある気がした。特に『美容』について、桐谷さんは本気で話にならないから」

「っ……そ、そんなにダメなんですか……？」

「うん。だって一部の例外を除いて、女の子はみんな自分を良くするために努力するモノなの。ケアをしなければ肌も髪も荒れるし、生活習慣が崩れたら体形も維持出来ない。身なりを整えて、メイクもして、そういうことが出来ない子は世間から……うん、社会から置いて行かれるの」

「しゃ、社会……？　い、いや、それは大袈裟《おおげさ》じゃ――」

「ううん、ただの真実だよ。だって桐谷さんは大人になって、社会人になったらメイクをするでしょ？　いや、違うか。しなくちゃいけないの。そういうことになってるから。あたしは一応、もう働いているから分かるんだけど、メイクをしてない女の人なんて、裏方含めてほとんどいないの。メイクだけじゃないよ。女は身嗜みに気を遣わないと絶対にダメだって思われてる。もちろん男の人もだけど。

それに何より清潔感がなかったり、だらしない格好をしている子はね――同じ女の身からすると、ものすごく目立つし、絶対に尊敬されない。だから、今は校則で化粧は禁止ってことになってるけど、そんなの知ったこっちゃないとあたしは思う。あたし達女は、自分を守るために——規則を破ってでも化粧を覚えて、自分の身体《からだ》を労る方法を身につけないといけないんだよ。だって他の誰もあたし達の身体を守ってなんてくれないし。何もしないで可愛《かわい》くいられる子なんて、この世にマジでココぐらいしかいないんだから」

奏が強い口調で言い放った。

桐谷は、そのあまりの圧に何も答えることが出来ないようだった。

無理もないだろう。

奏は高校二年生の身でありながら、日夜「美」と向き合い続けている。朗々と語った話も彼女が日々のやり取りの中で、強く感じたことの結晶に違いないのだ。

だが、こんな奏の発言に何故か眉を顰《ひそ》める者が約一名——

「カナデちゃん、すごく良いこと言ったのに、最後の最後でワタシを話のオチに使うのはひどいんじゃないかなぁ。案外、ワタシ以外にもそういう体質の子って、世の中にはいると思うんだけどなぁ」

「はーい。ココちゃんは黙ってましょうねー。本気で君は例外なんだからねー」

「もごもごもごもも！　（シズクちゃんもひどい！）」

静玖が仲間はずれにされて微妙にいじけ始めていたココの口を塞ぐ。

じたばたしつつ、もごもごしているココを横目に見て、奏がゴホンと小さく咳払《せきばら》いをした。

「……そういうことだから。桐谷さんが自分を変えたいなら、あたしはまず桐谷さんに最低限の美容に関する知識を身につけてもらいたいと思う」

「美容の知識……ですか」桐谷が訊《き》いた。

「そう。私の目から見て、桐谷さんが一番足りないのはそこだから。もちろん、今までの『自分を変えたい』って言うのが、ネタとか冗談とかなら無理にとは言わないけど。どうする？」

真《ま》っ直《す》ぐな瞳で奏に見据えられ、桐谷は肩を強張《こわば》らせた。

「わ、わかりました……。それが必要なら……わたしも頑張ります！」

桐谷はすぐに首を縦に振った。

「よかった。イヤって言われたら響《ひびき》に文句言うところだった」

「……また俺に流れ弾が飛んで来たようなんだが？」

「当然だよ。だって、マスク外すのもイヤ、美容に気を遣うのもイヤで、それでも『自分を変えたい』とか言ってたら、普通は『なんで響はそんなワガママな子に協力する気になったの？』って思うでしょ」

「……なるほど。訂正する。思ったよりも正当な理屈だった」

「そりゃあね。あたしは間違ったことなんて言わないもん」

奏がちらりと俺の方を見た。

「で——いいよね、響。あたしが最初に桐谷さんをイメチェンさせるよ」

「構わないが、何を、どこまでやるかにも依《よ》るかな」

俺は頷《うなず》いた。具体的な順番を決めていたわけではないが、内面ではなく外面の変革から入るのは悪くない。

奏が指を折りながら言う。

「美容院に連れてって、ちょっと買い物もする。本当はメイクも教えたいけど、どうせマスクがあるから眉と目しか出来ないし、後でもいいかなって思ってる」

「なるほど。となると一日掛かりだな。土日なら俺も時間を作れるぞ」

「土曜日がいいかな。桐谷さんのスケジュール次第だけど……」

「だそうだが、桐谷の予定は？」

「え、えっと……だ、大丈夫だと思います」

「じゃあ決まりだな。ちなみに、どこに行く？」

ここでの選択は完全に個人の好みだ。俺達が暮らす八王子エリアは近隣で全てを完結させることも出来るが、同時に都内のあらゆる場所にアクセスすることも可能だ。

だが、奏の趣味を考えると――

「渋谷に決まってんじゃん」

「だよな。桐谷。奏はこう言ってるが――」

「ひっ……し、しぶ、渋谷⁉　そんなっ……さ、さすがにお洒落過ぎませんか……⁉」

「「……」」

ため息と共に俺は言った。

「そりゃそうだ。桐谷はお洒落になりに行くんだから、渋谷でいいんだよ」

「…………おお」

こうして俺達は第一のステップとして桐谷の「イメチェン」に着手することになった。

▲ △ ▽ ▼

その週の土曜日。

俺達は渋谷駅のハチ公前に集合していた。俺が待ち合わせ時間の十五分前に到着したとき、先に来ていたのは——

「あ、ヒビキくんだ。よかったー」

薬師寺ココだけだった。

ちなみに、あのときの流れでは予定を確定させたのは俺と奏、桐谷の三人だけだったが、あのような話し合いが目の前で行われていて、自分達だけ除《の》け者《もの》にされるのは心苦しいということで静玖とココも今回の「お出かけ」に同行することになった。

「相変わらず、ココは来るのが早いな」

「そうだね。みんなで集まると、大体ワタシ達がワンツーだよね」

休日なので、当然ココも制服姿ではなくて私服だった。

ココの服はいつだって極めてシンプルだ。

上着はロゴTシャツ。その上に薄手のカーディガンを羽織っていて、ボトムスはデニムのショートパンツ、下は学校でいつも履いているモノよりも長いハイソックス。

「お、そのシャツは……」

「うん。ユ●クロの新作だよ」

そして、その全てが――ユ●クロである。

ココはファッションにあまり興味はないが、全くの無関心というわけではない。そんな彼女が愛用しているのが、日本最大のアパレルブランド――ユ●クロだった。

「ふふふ。見ての通り、モン●ンです」

裾をつまんで、シャツをピンと伸ばし、ちょっと得意げにココが言った。

だが……。

「すまない。見てもさっぱり分からない……」

「それはヒビキくんがモン●ンやったことないからだよ」

唇を尖《とが》らせ、少し不満そうにココが言った。

「仕方ないだろ。この歳《とし》になってもまだノータッチだと今更新規では入り難いんだ」

「去年のワールドが出たタイミングが一番良かったんだけどね……」

「すまない。次の機会があったら誘ってくれ」

「そうだね。一緒に、一狩り行こうよ」

その決め台詞《ぜりふ》ならばテレビや広告で散々見たので俺も知っている。

しかし、私服姿のココを見る度に俺は思う。

――服は値段じゃない、と。

おそらくどんなにダサい服を着ても、顔が薬師寺《やくしじ》ココである限り、その可憐《かれん》さが損なわれることはない。

今日だってそうだ。ココはあまりにも可愛い過ぎる。渋谷というお洒落《しゃれ》の最先端に位置づけされる街でも彼女の輝きは一切損なわれていないし、同じく待ち合わせをしている男女の視線を先程から独り占めしていた。

そして興味深いのは、その服が――ココの可憐さを最大限に後押ししているということだ。

俺が小さな頃はユ●クロといえば「低価格でお手頃な服」の代名詞だった。

だが、ここ最近ではその風潮が変わった。

――今のユ●クロは「アパレル系最大手だからこそ、手頃な値段で、確かな品質の製品を提供出来る唯一無二のブランドである」という再評価を受けているのだ。

実際、無名ブランドの一万円のTシャツよりもユ●クロの千円のTシャツの方が明らかに質が良い場合も多いと聞く。特集を組むファッション雑誌も多くて、特に今日のココのコーディネートでも中心となっている「コラボTシャツ」のクオリティは他のブランドの追随を許さない。

今となってはユ●クロは最もシンプルかつ堅実で、最も馴染《なじ》みあるアパレルブランドとして日本に完全に定着している。

だからこそ、ココとの相性は抜群だ。

ココは何を着ても可愛い。だが、この世でこれほどまでに薬師寺ココという最上級の素材の邪魔をしないブランドはないような気がする。

ただ焼くだけで天にも昇るほどの美味になる肉に、どうして無駄な調理をする必要があるのか。何よりもシンプルな調理こそが「美味《おい》しく焼ける」に違いないのだ。

と——

「それよりも……聞いてよ、ヒビキくん。これ買うのも本当に大変だったんだ。発売日なのに学校帰りにお店行ったら、もうほとんど売れちゃっててさ。慌てて買って来たうちの一つなの」

「特にTシャツは競争率が高いらしいな」

「そうだよー。でも、今月末に出るコラボTシャツはもっとヤバいと思う」

「何とコラボするんだ?」

ココが迫真の表情で言った。

「——」

ココが口にしたのは誰もが知る、某国民的モンスターアニメのタイトルだった。

「……それは血を見ることになりそうだな」

「うん。燃えてるんだ、ワタシ……多分、すごく買っちゃうと思う……あ、そうだ。もし良かったら、ヒビキくんも一緒に買いに行く？　可愛いTシャツばかりだし、きっとヒビキくんも似合うと思う！」

「いや、だが……俺はあまり詳しくないぞ」

「……ああ、そうだったね。ごめん……」

虚《うつ》ろな目を覗《のぞ》かせ、ココが小さくため息をついた。

ココにこの表情をさせてしまう度、俺は申し訳なく思っている。

彼女は天性の器量の良さと気質が相まって、カースト最上位に勝手になってしまうが

——趣味はバリバリのオタク系だ。

アニメや漫画が好きで、モン●ンなどを嗜《たしな》み、少ないお小遣いをソーシャルゲームの課金や可愛かったり格好いいグッズに費やしている。

そして、困ったことに……俺達《たち》のグループにはココの趣味に付いて行ける人間がいないのだ。

度々ココにこのような「虚無の表情」をさせてしまう俺ですら、グループ内では話が通じる方で、特に同じ女性陣である奏《かなで》と静玖《しずく》はオタク系の話題にひたすら疎い。

ただ三人は単純にノリが非常に合う。だから趣味が微妙に噛《か》み合わなくても、一緒にいてとても楽しいとは奏からもよく聞いていた。

「（そういえば……）」

ふと、そこで俺は思い立った。

俺達では、どうしてもココの趣味には付いて行けない。だが——最近、新たに交友関係を結んだ彼女ならば、どうだろう。

俺は訊いてみることにした。

「ココ。桐谷《きりたに》を誘ってみるのはどうだ？」

「……うーん」

ココは少しだけ表情を歪《ゆが》めた。

「難しいんじゃないかなぁ。ワタシはいいんだけど、多分、キリタニさんが……ね？」

「そうなのか？」

「うん。オタク趣味の子って大体ワタシから逃げるからね」

「意外だな。ドラマとかだと『お！　その漫画俺も知ってるぜ！』みたいな感じで、主人公がオタクキャラに理解を示すと友情が芽生えたりするが……」

「いやいやいや……。ヒビキくん、それはフィクションだよ……。現実だとそんな都合良くいかないんだって……」

冗談交じりに言ったのだが、ココの反応は全く芳しくなかった。

ココは可憐な顔を歪め、俺を窘《たしな》める。

まさに「ねーわ」という一言に集約されるような渋面をココにさせてしまって、俺は大いに反省することになった。

「……ふざけてすまなかった。ココ、後学のために理由を訊《き》かせてもらっていいか？」

「いいよ。なんていうか、これはワタシの経験なんだけど――」

　ココがとても真剣な表情で言った。

「ワタシがアニメとかゲームが好きって言っても、同じ趣味を持ってるはずの子達に全然歓迎されないんだよね。話に加わろうとしても、大体気まずい空気になるの」

「理由はわかるのか？」

「……なんとなくね。こう見えてワタシ、そこまでにわかじゃないから」

　端整な口元をわずかに引き攣《つ》らせ、自嘲気味にココが笑った。俺はそれを見て、とても悲しい笑みだと思った。

「多分、これって歴史の話でもあるんだよ」

「歴史？」

「そう。今はヒビキくんやリョウスケくんみたいなタイプの男の子でも漫画は読むし、ゲームもやるでしょ。深夜アニメだって普通に見てる子は結構いる。芸能人もそういう趣味を持ってるって公言してる人、多いよね。でも、それってかなり最近の話らしいんだ。ワタシ達の少し上の世代では……オタク趣味は簡単に他人に公言出来ないモノだった」

「……ふむ」

「『オタク趣味はイケてない子が嗜むもの』って風潮があったんだね。正直、今もその感じは残ってて、それをオタクの子達自身が認識してる場合が多いの。だから、一番ストレートな奴《やつ》なら『オタク系なんて薬師寺さんみたいな顔の人には似合わない趣味ですよ』って言われたこともあるかな。姫扱いして欲しいなんて微塵《みじん》も思わないけど、その姫にすらしてもらえないのがワタシなの。悲しいよね」

ココの言葉は、非常に重かった。

俺にも思い当たる節があった。クラス替えが行われ、友人関係が構築される中で自《おの》ずと同じ趣味を持つ人間が集まった際、それが「オタク系」というだけで、クラスの底辺だと認識される風潮は未《いま》だにあると思う。

そしてココが言うには、その傾向は「今でさえ相当マシになった」らしい。

言うなれば「迫害された歴史」があるのだ。時代と人は変われど、オタク界隈《かいわい》で共有され、引き継がれた負の歴史が――

「結局はワタシのコミュニケーション力が足りないのかもしれないけど、話し掛けても何だかぎこちないやり取りにしかならないっていうか……『そこはあなたのいるべき場所じゃないですよ』って言われてるみたいですごく居心地が悪いの。それってオタクかどうかは抜きにして、友達付き合いとして『ウマが合わない』ってことになるよね」

俺は頷《うなず》いた。

「そうだな。そういうノリの違いはすぐに分かる」

「うん、だよね。だから『重い女』みたいでイヤなんだけど……やっぱり、ワタシはワタシを、あるがままで受け入れてくれる子とお友達になりたいんだ。ハチコーに入学してから、そんな子はカナデちゃんと、シズクちゃんぐらいしかいなくて。だから、きっとキリタニさんも……ムリだと思う」

「……理解した。すまないな。こんなことを訊いて」

「ううん。ヒビキくんは悪くないし、むしろ感謝してるよ。キリタニさんのおかげでリアルでアニメとかゲームの話が出来る機会が増えたのは確かだし……」

ココがゆっくりと頭を横に振った。

──その言葉は極めてスクールカースト的な文脈を含んでいた。

あまりに美少女過ぎるココは、その外見だけでクラス内カーストの最上位席が確約された存在と言える。

だが、その卓越し過ぎた容姿とオタク趣味という食い合わせが絶望的に悪い。

それは決して、今までココとウマが合わなかった子達の器が小さいということではないのだ。

──カーストのランクに見合った趣味がある、と俺達は自然に考えてしまう傾向があるのかもしれない。

本来は、そこに貴賤《きせん》はないのだ。

俺達が歪んだ思想から抜け出せないだけで……。

「あー！　あんなところに、すっごい美系と美少女のカップルがいる！　きゃー！」

と、そのときだった。

なにやら聞き慣れた甲高い声が、唐突に響いたのは。

▲　△　▽　▼

視線を向けると、そこにいたのは——

「静玖。響《ひびき》の彼女はあたし。ココじゃない」

「ええ、知ってますとも。でも、響とココも似合うじゃーん？」

「……正直、それはわかる」

「でしょ？　奏は背が高くてモデル系だから響と並んで歩くと『スーパーカップル』って感じに見えるけど、響とココって組み合わせもヤバいもん。奏とは違った意味で、嵌《は》まってると思う。桐谷ちゃんもそう思わない？」

「は、はいっ……。わたし的にはお二人のお顔の良さと身長差に尊みを感じます……！」

「尊さ……ああ、わかるかもー。この感じは奏と一緒じゃ出ないよねぇ」

「「……」」

やんや適当なことを言いながら三人の女子が近付いて来る。俺とココは目を細めた。すかさず腕時計を確認する——待ち合わせ時間、ジャストだ。

牧田《まきた》奏、千代田《ちよだ》静玖、そして桐谷羽鳥《はどり》。

これで今日のメンバーが全員揃《そろ》ったことになる。

「やあやあ、おまたせー！」

「やっぱり響とココは来るのが早いね」

二人がやって来ただけで、場の華やかさが一段と上昇したように思えるのは決して気のせいではないだろう。

今日の静玖はストリート系の私服で決めていた。だぼっとした丈の長い厚手のヒップホップ系パーカー、頭にはキャップ、ボトムスはフリルの付いたスカート、足元はナイキのスニーカー。

静玖は自身の持つ、ふわっとした印象をあえて潰すようなファッションを好む。

だが、当たり前だが——その圧殺は完全ではない。

どうやっても溢《あふ》れ出る魅力を潰し切れていない。こんなに分厚いパーカーを着ても胸元の確かな主張は揺るぎないし、ヒップホップのファッションを纏《まと》っても静玖が常時放っている華やかなオーラは消えることなく、むしろアンダーグラウンドな雰囲気と相まって、更に引き立っていた。

つまり「不完全性」が静玖のテーマなのだろう。静玖は自分の持つ魅力をより盛り立てるため、あえて対照的な要素をファッションに織り交ぜているわけだ。

一方、奏はその真逆だ。

奏は、自分と方向性の合う属性のアイテムだけで自身を染め上げている。その揺るぎなさが相乗効果をもたらし、更なる力を生み出しているように見えた。

背の高さとスタイルの良さを活かすため、ボトムスにタイトなデニムを採用しているのが今日のファッションにおける一番の特徴だろう。

これを完璧に穿きこなせる女子は、日本中探してもそうはいないはずだ。

愛用の踵《かかと》の高いサンダルも相まって、明らかに普段より目線が高いことにジリジリとした圧力を感じる。

——やはり、あとほんの数センチでも奏の身長が伸びたら、並んだとき完全に俺より背が高くなってしまうだろう。

そうなった場合、奏はこのサンダルを外行きで履いてくることはなくなるはずだ。

奏は同行者に合わせてファッションを変える。並んで歩く男よりも、女の方が背が高く見えてしまうことに難色を示す。

ただ、俺としてはまだそれは避けたい。

一応、このサンダルは俺が誕生日にプレゼントした物なのだ。奏もとても気に入ってくれている。彼女がこのデザインに飽きるまでは、自由に履いてもらいたかった。

そして最後の一人は——

「桐谷も二人と一緒に来たのか？」

「あっ、いえ。方向が同じなので、改札を出たところで一緒になりまして……」

——三人と比べて、かなり「普通」な格好をした桐谷羽鳥である。

飾りの少ない淡いブラウンのカットソー、その上に青いブルゾン、下はフレアスカート。

それから口元には——お馴染《なじ》みとなった黒のウレタンマスク。

特に違和感のあるファッションではないし、桐谷がこういう格好をしてきたことに驚きはなかった。

というのも……現実的に大半の高校生は自分一人の力で服を買う機会は少なく、親に助力を求めるケースが多いからだ。

特に女子は母親と一緒に買い物に行って、そのときに好きな服を買ってもらうケースが非常に多いイメージである。

実際、学生の小遣いだけで、日々使用する全ての服をまかなうのは厳しい。いくらユ●クロが安いとはいえ、まとめて買えばそれなりの出費になってしまう。

そのため桐谷のようにファッションに興味のない女子ならば——ほぼ間違いなく、全身が母親のチョイスだ。ならば的を外すはずもない。俺達《たち》ぐらいの学生の親は年齢的にも三十代後半から四十代前半が多くて、まだまだ若い。巣《す》鴨《がも》にいるおばちゃんではないのだ。

「あっ！　ココちゃん！　そ、それって……！」

「え……」

「モン●ンのＴシャツ……ですか？」

「！」

ココが目を見開いた。

「キ、キリタニさん……分かるの？」

「え。そりゃあ、見れば……ち、違いましたか？　わたし、モン●ンは中学の頃に3DSでちょっとやったぐらいで最近の奴は未プレイなので……間違っていたら、すみません」

慌ててココが首を横に振った。

「ち、違わないよ。これは十五周年記念のユ●クロコラボTシャツだから……」

「十五周年……へー、意外と歴史があったんですね」

「そうだね。ワタシ達の年齢とあまり違わないし」

「確かに。でも、ココちゃんってモン●ンが好きなんですね。武器は何を？」

「ワ、ワタシはずっとガンランス。全然上手《うま》くないけど……」

「おお、ガンランスですか！　わたしは操虫棍《こん》を使ってました。なんだか懐かしいです」

桐谷《きりたに》が笑った。

普段はビクビクしながら話す桐谷だが、やはり趣味の話題となると強い。

むしろ桐谷よりも数倍詳しいはずのココの方が慣れない実戦でのオタク会話に戸惑っているようだった。

「桐谷さん。ゲームの話で盛り上がるのはいいけど、先にこっちの用事を済ませてもらってもいいかな」

「あっ……す、すみません！」

ハッとした様子で桐谷が奏《かなで》へと向き直る。

「えっと……今日は皆さん、わたしのために集まってくれて、ほ、本当にありがとうございます。わたしなんて、皆さんとはどう見ても全体的にレベルが違って、見劣りする存在ですが……今日はよろしくお願いします」

そして俺達に向けて深々と頭を下げた。と、ここで静玖《しずく》がすかさず、

「――桐谷ちゃん。そーいうの良くないなぁ」

ピシャリと桐谷に釘《くぎ》を刺した。

「今、ナチュラルにネガったでしょ。自分が見劣りする存在とか。そういう台詞《せりふ》を口癖みたいに言うのって、マジでやめた方がいいよ。だって、言われた私達が良い気分になるとか、そういうコトも一切ないしね」

「あ……」

「ネガティブワードを使った自虐――桐谷の癖だな。これも前に言ったことだが……」

やはり静玖は俺と感性が近いため、気になる部分も似ている。

だが静玖は毒舌家でもあるので、物事をストレートに言い過ぎる嫌いがあるのはご愛《あい》敬《きょう》というところか。俺はすかさずフォローに入る。

「桐谷。突発的なレッスンになって悪いが、これだけは心の中に留《とど》めておいてくれ。**自分を卑下するのはやめよう**。言っている自分が嫌な気持ちになるのもそうだが、静玖が今言った理由もある。過度のへりくだりは――言われた方の俺達も困るんだ」

「！」

「それそれっ！　そのフリにどう答えたらいいのか、マジで困るもん」

「そうなんですか、って感じで流すしかなくなるね。会話にならないっていうか」

静玖と奏も俺の意見に同意してくれた。

だがココだけは少しだけ難しそうな表情を浮かべると、

「でも……それは仕方ないかもしれないよ。ネットの二次元界隈《かいわい》って『自虐文化』みたいなのがあるから。本当に思ってるかは別として、自分を下に置いて話すノリが結構流行《はや》ってるイメージがある」

「なるほど。桐谷はネット上の習慣をリアルでもそのまま使っているということか？」

「どうかな。少しはあるかも……」

「ふむ。桐谷——その辺り、どうなんだ」

「え……ど、どうと言われると困りますが……わたしはツイ廃なんで、言われてみると思い当たる節は結構あるような気がします……」

「そうか。じゃあ、そこは意識的に直していこうか」

「は、はいっ！」

「あ、じゃあ一つ、提案っ！　今日、桐谷ちゃんがネガティブなことを言ったら、その度に罰ゲームをすることにしよう」

静玖がニカッと笑みを浮かべた。

「ば、罰ゲームですか……!?」

「完全にバラエティ番組みたいなノリだな」

「いいじゃん。そっちの方が面白いし」

「大体、なにをやらせるつもりなんだ」

「んー。そうだなぁ……」

口元に手を当て、ウムムと静玖が呻《うな》った。数秒後、さも最高のアイディアを思いついたとばかりに勢いよく言い放つ。

「そうだ！　じゃあ逆にポジティブなことを言ってもらうっていうのはどう？　自虐するんじゃなくて、代わりに『誰かを褒める』とか！」

「――ほう」

何を言い出すかと思ったが、静玖の口から出て来たのは予想外に効果的な罰ゲームだった。ネガティブをポジティブに。なるほど、これは――

「やるな、静玖。素晴らしいアイディアだ」

「えっ!?　ま、まさかの絶賛……？」

言った本人が戸惑っているのはどうかと思うが……まあいい。

「ああ。静玖は適当に言ったかもしれないが、これは面白いぞ。桐谷、そういうことだから――今日は自虐をする毎《ごと》にペナルティとして俺達を褒めてもらう。いいか？」

「え、ええええ……」

桐谷は物凄《ものすご》く困ったような表情をしていた。何故《なぜ》、そんなことをしなければいけないのかと俺の真意を測りかねているのかもしれない。だが、すぐに分かる。

この罰ゲームは、想像以上に効果を発揮するはずだ。

「えええ、じゃない。これは決定事項だ」

「ううっ……わ、わかりましたっ！」

▲　△　▽　▼

こうして俺達は渋谷の街に繰り出すこととなった。美容院の予約時間までは少し時間があるため、それまでに少し買い物を済ませてしまうことになっていた。

俺達が最初に足を運んだのは、

「……か、鞄《かばん》の店ですか？」

百貨店のテナントとして入っている通学鞄専門店だった。

そこは店の面積自体は小さかったが、所狭しと学生用の通学鞄が陳列されていた。いかにも「スクールバッグです」というデザインのものから、この前、静玖がやらかして学校に持って来た五万の鞄のように、ハイブランドが出している通学鞄も含めて多種多様なラインナップが並んでいる。

「うん。桐谷さんには、とりあえずハチコーの女生徒として、最初の一歩を踏み出してもらおうと思う。うちの学校、ナイロン製の通学鞄をそのまま使うのは基本的にＮＧだからね。伝統的に、他のデザインの鞄を選ばない子は馬鹿にされることになってる」

奏の表情もあまり芳しくない。

特に新しい鞄を欲しがっていない桐谷に、慣例逃れのためにお金を使わせなくてはならないことに気乗りがしないのだろう。ただ桐谷自身は新しい鞄を買うこと自体には納得しているようだった。桐谷は大きく頷《うなず》くと、

「あっ……その話、聞いたことあります」

「……じゃあ、なんで鞄そのまま使ってたの？」

「いや、その。わたしってずぼらでして、買い替えるのが面倒だったので、やっぱり聞かなかったことにしたっていうか――」

「響《ひびき》。今のは自虐判定？」

すかさず奏が俺の方を見た。

「……ああ。若干、厳しいかもしれないが自虐の一種だろう」

「えええ!?　こ、これでもダメなんですか!?」

「ダメだな。じゃあ、次はココを褒めてみようか」

「うううう……わ、わかりました……」

実はこの店に来る前に、口を開く度に桐谷は自虐ワードを口にし、その度、激しいツッコミにあって俺達を褒める――という流れを繰り返していた。

既に俺、奏、静玖が終わって、四回目はココだ。

「ふふっ。キリタニさんは、なんて言ってくれるのかな」

　ココがスッと桐谷の前へと進み出て、小さく笑った。桐谷はまるで告白でもするかのように大緊張しながら、

「え、ええと……ココちゃんは……し、死ぬほど可愛《かわい》いです……！　初めて見たとき二次元が三次元で息をしてると思ってしまいました……」

「わっ。ありがとう！」

「あ、桐谷ちゃん。ココに『可愛い』はダメ！　そんなの『水を見て感想を言え』って質問に対して『水ですね』って答えるみたいなもんだから！」

「はうっ!?　そ、そうですね。ココちゃんが可愛いのは当たり前なんだから、他のことを言わなくちゃ意味がないと……」

「その通り！　ココも可愛いなんて言われ慣れてて、微塵《みじん》も嬉《うれ》しくなさそうだし！」

「いや、別に『可愛い』でいいんだけど……」

「そう？『見た目はいいから内面を褒めろよ』とか思ってない？」

「んー。どうかな。ワタシ、そういう面倒臭いことになりそうな質問には答えないんだ」

「あらら。残念ー」

「わたしはココちゃんは、中身もとってもステキだと思いますが……」

「──本当？　具体的にどこが良いの？」

「……やっぱりココも中身褒めてもらいたいんじゃん」

「シズクちゃんのイジワル。そりゃあ両方褒められたいに決まってるよ」

三人が見事に盛り上がっているのを見て、俺は満足げに小さく頷いた。

静玖の適当な思い付きで始まった罰ゲームだったが、実は複数の効果が期待出来る非常に意味のある取り組みだったのである。

まずゲームという形式を取ることで取っつきやすくし、全員が絡みやすくした。

そしてこの罰ゲームが存在することで、あらゆる会話の中心が自然と桐谷《きりたに》になることも見逃せない効果だと思った。やはり、桐谷以外の女性陣は付き合いが長いこともあって、三人が絡み出すと桐谷が会話に入るのは難しくなるからだ。

そして俺が一番良いと思ったのが、この罰ゲームを通して、桐谷がいかに自分が日頃からネガワードを連発しているかを分かりやすい形で意識させることが出来ることだった。

口癖を直すのは難しい。特に自分一人で克服するのは至難の業で、他人にチェックしてもらえるならば、これに勝る特訓法はないと断言出来る。

そしてもう一点。

一見、意味のなさそうな「俺達《たち》を褒める」という内容だが――

「(本当は『代わりに自分を褒める』とやるべきなんだろうが……桐谷は多分、自分の良いところを挙げるよりも、俺達の良いところの方が思い浮かぶだろうからな)」

これもよくある精神の改善方法の一つだ。

悪いことではなく、良いことを率先して考えるようにして、心の在り方を整えるというのは近代の瞑想《マインドフルネス》などでもよく用いられる手法である。

だがコレは今の桐谷には難しい。

桐谷は自己肯定感が低過ぎるし、何よりもコレだけ自虐癖があると、自分に対しての褒め言葉なんて一瞬で枯渇するのが目に見えている。

一人の人間の美点を複数挙げるというのは——実はかなり大変なのだ。

以前、とあるママタレントがバラエティ番組の中で、いつも寝る前に、自分の好きなところを夫に百個挙げてもらうと話しているのを聞いたことがあるが、おそらくそのタレントの夫は毎夜相当な苦労をしていたと思う。

桐谷には身をもって知って欲しいのだ。

自分を卑下しなくても、他人を褒めることは出来る、と。

その自虐に意味なんてない。ステキな言葉だけを使っても、十分に他人とコミュニケーションを取ることは出来るのだから——


桐谷は色々と考えた末、奏《かなで》が今使っているのと同じ『VICTORIAS《ヴィクトリアス》』の鞄を買うことになった。雑誌でも今、大プッシュ中のアイテムで、値段も手頃。それに何より桐谷がデザイン的に、一番コレが気に入ったようだった。

と、その辺りで予約の時間が近づいて来たので、俺達は百貨店を出て、奏に先導されるがままに渋谷の中心から少し離れたところにある店にやって来た。

「あれっ。なんだか意外な感じのサロン……」

店の外装を見て、静玖《しずく》がぽつりと言った。

「は、はい。わたしもイメージとは少し違う感じです」

「あんまり渋谷っぽくないよね」

桐谷とココも同意を示す。

やはり「渋谷の美容院」というと、三人ともお洒落《しやれ》度マックスの店を想像していたようだ。だが、奏が連れて来たのは普通のテナントビルの一室を使った「Ｖｅｎｏｍ《ヴェノム》」という、こぢんまりとした店だったのである。

それに店があるのもライブハウスの「ＴＳＵＴＡＹＡ　Ｏ－ＥＡＳＴ」などが軒を連ねるゴチャッとしたエリアで、華やかさには欠ける印象だった。

などと、外野が好き勝手に批評していたのに堪えかねたのだろう。先頭を歩いていた奏が不機嫌そうな顔付きのまま、くるりと振り返ると、

「……ここは、すごく狙い目の店なの」

「というと？」静玖が尋ねる。

「うん。あたしの通っている美容院のチーフさんが独立して始めた店なんだよね」

「奏の通っているサロンっていうと……」

「ああ。かの有名な『ｒｏｏｍ　４０９《ルームヨンマルキュー》』だな」

「だよね。むしろ私はそのまま『ｒｏｏｍ　４０９《ルームヨンマルキュー》』に連れて行くのかと思ってたよ」

「あのね、静玖……」

奏が切実な表情で言った。「――あそこは死ぬほど高いから。経費で落ちるからあたしは行ってるんであって、学生の知り合いを連れて行くわけにはいかない。それに美容院って、一回行って終わりじゃないでしょ？」

「ハッ……！」

「確かに、言われてみればそうだね。継続的に通うものだから、そういうこともちゃんと考えなくちゃ意味ないわけか……」

「ここは409から独立した人のお店。こっそり友達を紹介して欲しいって言われてたの。その分安くするし、細かい注文にも応えるって言ってくれたから。腕も確かだしね」

「なるほど……穴場のお店ってことですね！」

「うん。あたしとしては、桐谷さんが常連になってくれて、売り上げに貢献してくれると助かるかも。あたしの元担当ってわけじゃないけど、お世話になった人のお店だから」

「ッ――ど、努力します！」

桐谷が力強く言い放った。奏が満足そうに頷く。

少し前の桐谷ならば「努力します」の前に、「こんなわたしには勿体《もったい》ないお店かもしれませんが」みたいな一言を付け足していた気がする。

散々罰ゲームをやらされた効果が出ている。

意味もなく、ネガティブワードを口にする必要はない。

「じゃあ、みんなは四十分くらい時間を潰してて。多分、中に五人は入れないし」

「えっ。さすがに早くない？」

「腕は確かって言ったでしょ。ここの人、上手《うま》いから早いんだ。カラーもパーマもしないし、カットだけの予定だから余裕だと思う」

そう言って奏は桐谷を引き連れて店の中へと消えて行った。


そして本当に四十分後に行くと、既にカットは終わっており、むしろ俺達を待ち受ける形で桐谷と奏が店の前に立っていた。奏が不満そうに言った。

「遅いよ」

「えええ……マジでもう切り終わってる……」

「わ、わたしもびっくりしました。髪って、ただ切るだけでも一時間ちょっとは絶対に掛かるものだって思っていたので……」

「――ほう」

そして、そこには一瞬で見違えた桐谷羽鳥《はどり》の姿があった。

コンセプトはまさに奏が口を酸っぱくして言っていた「清潔感」であることは一目見て分かった。今までの桐谷の髪は、全く纏《まと》まらず、伸びっぱなしで、傍目《はため》にも全体のフォルムが乱雑に見えていた。

ところが、やはり美容師はプロだった。

長さ自体はそこまで変えず、毛量を減らすことによってスッキリとしたフォルムを演出している。あくまで「桐谷羽鳥」という女の子が元々持っていた輪郭を全く損なうことなく、それをひたすら磨き上げ、洗練させたわけだ。

「(さすが奏だな)」

桐谷をどんな髪型に仕上げるかについて、俺はすべてを『美』の専門家である奏に任せていた。おそらくカットの間、奏は終始桐谷に付き添って、美容師に対して事細かにディレクションをしてくれたに違いない。

スッパリ髪を切って長さを一気に変えたり、カラーを入れる判断も出来たはず。

だが、奏はそうはさせなかった。

桐谷の個性を尊重し、新機軸を打ち出すのではなく——あくまで元の桐谷羽鳥としての延長線上であることを最重視したわけだ。

奏が仕上がった桐谷の髪を上から下まで眺めながら、満足げに言う。

「元々、桐谷さんはくせっ毛ってわけじゃないんだけど、全くケアしないせいで髪が大分傷んでた。あと前まで桐谷さんは髪を理髪店で切ってもらってたみたい。理髪店の良いところって、やっぱり髭剃《ひげそ》りだからね。男の人ならいいんだろうけど、女の子の髪を切ってもらうのにはやっぱり難しいよ。

とにかく、今日までちゃんと髪をケアするようにしてもらって、それからお店でも丁寧にブローしてもらった。あと単純に毛量が多すぎたね。だから元のイメージを極力残したまま豪快に梳《す》いてもらった感じかな。ほら、かなりいい感じになってるでしょ」

「髪型自体は、ほとんど変わってないよね」

静玖が訊《き》いた。奏が答える。

「うん。カラーもなしだし。だって、そこまで一気に変えたら違和感凄《すご》いでしょ」

「なるほどねぇ……いやでも、これは……ねぇ！」

静玖がパァッと表情を輝かせた。

そしてギュッと桐谷の手を握り締めると、

「すごいよ、桐谷ちゃん！　めちゃくちゃ可愛い！」

「そ、そうですか……？」

「うん！　こんな大変化を見られただけで、桐谷ちゃんに付き合った甲斐《かい》があったって思ってるくらいだもん！　ね？　やっぱり美容の力ってすごいでしょ？」

「は、はい……それは、実感しています……！」

嬉《うれ》しそうにコクコクと頷《うなず》く桐谷。ココも感心した様子で、

「ワタシもすごく変わったと思う。とってもステキだよ、キリタニさん。でも、美容師さんって本当に上手いんだねぇ……」

「でしょ。この機会にココもセルフカットやめたら？」

「あー……そうだねぇ。うーん、あはは。それは考えておこうかな」

「そっか。響《ひびき》はどう思う？」

「俺か？」

そして、ついに俺が感想を言う番が回ってきた。

「……！」

桐谷《きりたに》は緊張した面持ちで、俺の方を見上げた。キュッと拳を握り、どんな衝撃が到来しても受け止めてみせるという気概を感じた。

大丈夫だ、桐谷。

そんなに怯《おび》える必要はない。だって今の君は――

「凄く似合ってるぞ、桐谷」

「あ……」

「桐谷は『自分を変えること』なんて、自分には難しいかもしれないと言っていた。自分には無理だ、出来ないと、自虐ばかりしていた。でも……実際はどうだ。ただ美容院に行くだけでこんなにも変わることが出来た――そうは思わないか？」

桐谷がおずおずと首を縦に振った。

「それは……た、たしかに……わたし、今までは美容院に着ていく服がないから美容院には行けないぐらいのことは思ってました……」

「……時々聞く言い回しだな。だが、これは知ってるか、桐谷。日本に存在する美容院はセブンやローソン、ファミマ……あらゆるコンビニを足した数よりも多いんだぞ」

「えっ……!?　そ、そんなに沢山あるんですか!?」

「ああ。つまりコンビニに行くぐらいの気軽さで行ってもいいくらい多いってことさ」

「お店の人はそう思ってるね。ただお客さんはそうでもないから、コンビニと比べても凄い数が出来てはすぐに潰れるんだけど……」

　奏が小さくため息をついた。

「豆知識はこれぐらいにしておこう。つまり、変わるのは簡単なんだ。実際、本当に難しいのは――**変わろうと思って腰を上げること、**なんだから。桐谷はもう自分の足で歩き出すと決意したんだ。あとは前に進み続けるだけでいい。身を委ねるだけで変われることは意外と沢山あるんだぞ」

　もちろん、それも決して容易《たやす》い道のりではない。

　鞄《かばん》を買い替えたり、美容院に行ったりすることは一瞬の出来事だ。

　だが、奏が桐谷に課した「美容」の課題一つを取っても、毎日こなさなくてはならないカリキュラムはいくつもある。

　言葉遣いだって、そうだ。今日は皆でゲーム形式でもって桐谷の自虐発言を監視していたが、こんな手厚いフォローが出来る機会は限られている。

　今後も桐谷には自分の良くない癖を直すために、努力してもらわねばならない。

　常に現在進行形で――変わり続ける必要があるのだ。

「はいっ……はい……！　ありがとうございます、月村《つきむら》さん……！　わたし、が、がんばります！　皆さんがわたしなんかの――ッ！　わたしの、ために――使ってくださった時間を無駄にしないようにします！」

桐谷が力強く言い放った。その熱い決意に、感銘を受けなかったと言えば嘘《うそ》になる。それは他のみんなも同じようだった。

そんな中、静玖がニヤッと笑うと、

「いやー。あとは桐谷ちゃんがマスクさえ外してくれればなー」

などとふざけた感じで言った。

明らかに冗談めいた一言である。だが桐谷は敏感に反応して、

「ふ、ふぇっ!?　い、いや、それは……その……」

「んー？　まだダメ？　オシャレ番長の奏はどう思う？」

「あたし？　まぁビジュアル的な意味なら、取ってもらった方がいいけど。でも、難しいだろうと思って、ちゃんとマスク付けてる前提で美容師さんには桐谷さんの髪をカットしてもらったよ」

「二人ともしつこいよー。キリタニさんはマスクだけは譲れないって条件で、他のことは頑張るって決めたんだから。そうでしょ？」

「あ、あははは……は、はい……」

苦笑いを浮かべるしかない桐谷だった。

だが決して雰囲気が悪くなることはなかった。

数日前、桐谷を最初に奏達《かなでたち》三人と顔合わせをさせたときに見せていた狼狽《ろうばい》っぷりはすっかり消え失《う》せ、既に普通に話せるようになっているからだ。

桐谷は確かに一歩を踏み出し、二歩目、三歩目も確かな足取りで進み始めている。

誰が見ても、彼女のことを「変わった」と感じるようになる日は、もうきっとすぐ近くまで迫って来ているに違いない。

四章　予期せぬ出会い

週が明けた月曜日。

その日は本来ならば何の変哲もない一週間の始まりに過ぎなかった。

なにしろ時期があまりに微妙だ。

六月下旬。

衣替えも終わり、期末テストや夏休みまではあと少し。学校のイベントも皆無で、様々な催しの丁度、過渡期に位置する頃合いだった。

早朝。

二年二組の教室は倦怠感《けんたいかん》に満ちていた。誰も彼もが眠気に瞼《まぶた》を擦《こす》り、退屈を噛《か》み殺していた。

そんな気怠《けだる》い空間の中に、ソッと――

「……」

黒のウレタンマスク姿がトレードマークのオタク少女・桐谷羽鳥が登校して来る。

彼女はこのクラスではカースト最下位の「底辺」に位置するとされた存在だ。

だから、彼女の「変化」になんてほとんど誰も気付かなかった。

ただし、僅かながらの——違和感は残ったのかもしれない。

今まで全く手入れがされておらず、ゴワゴワで、硬そうで、クネクネ曲がった毛玉のようだった髪が見事に整えられ、しゃんと綺麗《きれい》に切り揃《そろ》えられており、艶やかな輝きを放っていること。

市立八王子高校において「陰キャ女子」の象徴とされている「学校標準品のナイロン製通学鞄」ではなく、学校一のカースト最上位女子である牧田《まきた》奏が使用しているのと同じモデルのスクールバッグを使用していること。

それらは見る人が見れば、一目で分かる顕著な変化である。実際に——

「へ？　どうしたの、羽鳥？」

「あ……おはようございます、秋乃《あきの》」

今まで桐谷羽鳥と一番仲良くしている同じくオタク仲間の芝山秋乃《しばやまあきの》などは一瞬で羽鳥の変化に気付いた。

「ああ、おはよう。いや、それはいいんだけど——だから、どうしたんだって。なんか髪がキレイになってるじゃん」

「ああ、これ？　は、はい……やっぱり分かりますか」

さすがに鞄が違っていることまでは意識が行かなかったようだが、髪型が明らかに洗練されていることは秋乃にも一目瞭然だった。

「そりゃあ、見ればね。美容院行ったの？」

「は、はい……」

「ほー。うん、いい感じじゃん」

「あ、ありがとうございますっ！」

桐谷羽鳥《はどり》はとても嬉しそうに笑顔を覗《のぞ》かせた。

「前の髪型はさすがにモサかったもん。でも『髪を切ってる最中にコナンが読めるのが良い』っていう小学生男子みたいな理由で、近所の床屋に何年も通っていた羽鳥がねぇ」

「い、いや、だってコナンって、物凄く巻数多いから今更買えないですしっ……！」

「でも似たような巻数のワンピースは買ってるんでしょ？」

「そっちはわたしじゃなくてお父さんが買ってるんです」

「え、そうだったの」

「はい。うちのお父さん、ものすごくジャンプの単行本買うんで。よくわからない十二週打ち切り漫画の単行本まで買ってきますよ」

「はー。この娘にして、この親ありって感じなのねぇ。羽鳥って毎週父親が買って来たジャンプとか読んでるわけだね」

「っ……そ、それの何が悪いんですか！　親子の大事なコミュニケーションです！」

「コミュニケーションねぇ。じゃあアレかな。何年か経《た》って羽鳥が一人暮らしをするようになって初めて気付く奴《やつ》だ。『あっ、月曜日なのに家にジャンプがない……お父さんと離れて暮らしてるからだ……ううう……わたし悲しいです……』って！」

「いや、わたしは絶対に家を出る気ないんで……一人暮らしとかマヂ無理なんで……」

桐谷羽鳥は少し緊張していた表情を緩め、友人とじゃれ合い始める。

まだこの時点では芝山秋乃を含めて、ほんの数名にしか桐谷羽鳥の変化は認知されていなかった。

だが――彼女が変わり始めたことは確かだった。

その事実は、ゆっくりと浸透していく。

クラスの人間がほんの僅かでも彼女を見たとき、話し声を聞いたとき、存在を認知したとき――少しずつ、ふとした瞬間に。

▲　△　▽　▼

数日が経ち、俺は桐谷を改めて喫茶「イーハトーブ」に呼び出していた。

もちろんメッセージアプリでもやり取りはしているが、やはり面と向かって話さなければ伝わらないことも多い。

そんなわけで放課後、俺は桐谷に時間を作ってもらうことにした。ちなみに今日は月曜日ではないので女性陣は総じて忙しく、俺と桐谷の二人きりだ。

「いい感じだな、桐谷」

席に座り、開口一番に俺は言った。

「えっと……ど、どの辺りが、ですか？」

「もちろん全体的にだよ。明らかに見違えたし、その変わり方も穏やかで、クラスで変に浮いたりしていない」

「お、おお……！」

「というわけで、今日からは内面のレッスンを始めて行こうと思う」

「は、はい！　あ、そうだ……あの、月村さん……先に一つだけ、言っておきたいことがあるんですが……」

と、ここでおずおずと桐谷が手を挙げた。

「ん。なんだ？」

「わたし、すごいバカです」

「……これはまた奇妙な宣言が出て来たな」

何を言い出すのかと思えば、いきなり変化球的な告白が飛んで来た。

だが桐谷の目はいたって真剣だ。

グッと強いまなざしで俺の方を見上げると、

「べ、勉強を教えて頂けるんだと思うんですが、相当に物分かりが悪いであろうことをご了承頂ければと……」

「勉強……？　俺は内面のレッスンとは言ったが、何故《なぜ》、そう思うんだ？」

「そ、それは……」

顔を伏せった桐谷が呻《うめ》くように言った。

「わたしが授業中に指名されて、何も答えられずにオタオタするのを止《や》めない限り、クラスのみんなのわたしに対する視線が変わることは絶対にないと思うので……」

「なるほど。桐谷自身が『馬鹿にされている』と感じる最も自覚的な部分が、そこだということだな。だから、それに対処するためには勉強するしかない、と」

「そ、そうです……」

桐谷がゆっくりと頷《うなず》いた。

――奇《く》しくも俺と同じところを桐谷は気にしていたようだ。

つまり問題意識を俺達はしっかり共有出来ているということになる。これはとても良い傾向だ。ただ、その攻略法に関しては若干的外れの感があるが。

さて、授業中の指名でテンパらないようにする方法といえば――

「なぁ、桐谷」

「は、はいっ……」

「単に指名を乗り切るだけなら勉強する必要はない」

「えええっ!?」

桐谷が信じられないようなモノを見る目で俺をマジマジと見た。

「ま、魔法でも使うんですか」

「無茶言うな。ゲーム世界の住人でもあるまいに」

「じゃ、じゃあ、ええと……カ、カンニング的な……！」

「……非合法の手段でもない」

むしろ桐谷《きりたに》が魔法やカンニングなどの手段を使わなければ、自分には教師の質問に答える能力がないと思っていることに俺は異議を唱えたい気分だった。

いや、だがある意味自分を俯瞰《ふかん》している、とも言えるのだろうか。

——確かに桐谷の成績は本当にメチャクチャ悪いのだ。

「で、でも嬉《うれ》しいです……勉強しなくていいなんて……！」

「あのなぁ、桐谷……」

本当に桐谷が露骨にウキウキし出したので、正直、俺は呆《あき》れてしまった。これはイカンと思い、俺は襟を正しながら桐谷に言い放つ。

「まずこれだけは言っておきたい——学生の本分は勉強だ。俺のレッスン関係なしに桐谷は毎日、予習復習を済ませて、しっかりと勉強しなくちゃならないんだ」

「……………え？」

一瞬で桐谷の瞳が真っ黒に染まった。

分かりやすすぎる絶望である。

もしくは、お手軽にも程がある絶望とも言う。

「その発想はなかったって顔をするのはやめてくれ。これに関して、俺は当たり前のことしか言ってない」

桐谷の成績が悪いのは全く勉強していないから、なのだろう。

だが、それはリア充どうこうにもスクールカーストにもあまり関係がないのだ。

勉強をしていない人間の成績が悪いのは当然だ。

「だが指名を乗り切る方法を教えるのは簡単だ。そもそも授業中に指名されて、ちゃんと答えられる奴の方が実は少ないんだからな」

「……そ、そうでしたっけ？」

「ああ。そりゃあ俺は答えるが……例えば奏《かなで》が指名されて、回答しているのを見たことがあるか？　実は、あいつが答えられたことなんてほとんどないんだ。じゃあ奏がいつもどうしているかと言うと――」

俺は語気を強めて言った。

「堂々と『わかりません』と言っている！」

「……え？」

「奏の『わかりません』は凄《すご》いぞ。アイツは椅子から立ち上がって、まっすぐ教師の方を見て、本当に淀《よど》みなく言うからな。声の大きさや早さも完璧だ。小さかったり聞き取り難いと訊《き》き返されるし、声が少しでも大きいと教室に響いて注目を集めてしまう。その中間点を見事に突いてるわけだな。で、奏の奴は『わかりません』とパーフェクトに言い終わったら勝手に即着席する――ここが桐谷との一番の違いだと俺は思っている」

俺はにやりと笑った。

「桐谷は、分からない場合──いつまでも立っているからな。授業中に立っている人間がいたら、教師はそいつに答えを聞き続けるしかない。実は『座っていい』と教師は自分からはあまり言わないものなんだ」

「あっ……」

「そして立っている奴がいる場合……授業はストップする。これが我藤《がとう》みたいな奴の顰《ひん》蹙《しゅく》を買うし、何より立っている本人がキツくなってくる。分からない問題を『分からない』というのは別に悪いことじゃないんだ。それに、な──」

ここまでは前座だ。

おそらくこの話で桐谷にとって一番重要な指摘はコレになるだろう。

少しだけ厳しい指摘だ。だが、これを意識しているかどうかで、人生がガラリと変わるほど重要な視点でもある──

「桐谷が問題を解けないことなんて、クラスの人間は何とも思ってないんだ。だって桐谷のことを……そんなに注目して見てるわけじゃないからな」

「ッ──」

桐谷の顔が引き攣《つ》った。だが、俺は言葉を紡ぎ続ける。

「勘違いしないで欲しいのは、それが当たり前だってことだ。大概の場合、自分が思っているほど、他人は自分のことを見ていない──そういうもんなんだ」

「……無関心ってことですか？」

「ああ。少し悲しいことだけどな。ただ、全く見ないってわけじゃないぞ——悪目立ちする奴にはみんなも興味津々になるからな」

「悪目立ち……」

「それが今までの桐谷さ。今回のノルマは——そうだな。授業中に当てられたとき、それに波風を立てることなく、上手《うま》いことやり過ごす、だ。どうだ？」

「……わ、わたしに出来るでしょうか？」

「出来るさ。というか、これぐらいは出来てもらわないと困る」

授業中の指名は、桐谷にとって因縁の相手と言える。

この出来事が切っ掛けとなって桐谷は我藤に絡まれ、心ない野次を飛ばされ、自分に自信が持てなくなってしまった。

もはやトラウマの領域に入っているに違いない。

桐谷は授業が始まって、自分が指名される番が近付く度に怯《おび》え、戦《おのの》き、恐怖しているに違いないのだ。

だが、その畏れは断ち切らねばならない。

これは桐谷にとって最も見つかりやすいところにある癌細胞《がんさいぼう》なのだ。内面に関するレッスンとして、これ以上に相応《ふさわ》しいカリキュラムはない。

「わ、わかりました……わたし、頑張ります！」

「よし、いい返事だ！」

「はい！」


翌日。

桐谷は一人で小さな戦場へと足を運んだ。

とはいえ、能動的に何かをやるわけではない。ただ指名されるのを待つだけだ。

その日は世界史の授業で丁度「苗字《みようじ》がカ行」の生徒が順番に教師の質問に答えることになっていた。

そして。

「あー、そうだな。次は……桐谷か。問三を答えてみろ」

世界史の皆川《みながわ》先生が桐谷の名前を呼んだ。

「は、はい……！」

ゆっくりと桐谷が立ち上がる。その瞳は強い決意で濡《ぬ》れていた。

皆川先生が問題を読みあげた。

「問三……『ギリシャを征服した父に代わり、エジプトからインドまでを征服したマケドニア王国の王の名前は』？」

「っ……！」

桐谷が目を見開いた。

そして、わずかな逡巡《しゅんじゅん》の後、ギュッと強く拳を固め、桐谷は言い放つ。

「わかりません」

それはまさに俺が伝授した攻略法——言うなれば「牧田《まきた》奏流・指名突破術」をそのまま実践した形である。その完璧にタイミングを見計らった『わかりません』を耳にして、世界史教師の皆川先生は怪訝《けげん》そうに振り返った。

「………本当に？」

「はい！」

威勢良く頷いた桐谷が早々に退散した。スッと着席し、ピシリと背筋を伸ばした。

——わたしはもう答えましたよ。

小さな背中が、そう語っているように後ろの席の俺には見えていた。

「あー……なら、仕方ないか。ええと桐谷の次は……」

皆川先生が名簿とにらめっこを始める。

それで終わりだった。

最近の教師は面倒事を避けるため、指名して答えられない生徒に嫌みを言ったり、詰問したりすることは滅多にない。

生徒は、わからなければ、わからないと言っていいのだ。そうすれば——何事もなく授業は進行し続けるのだから。

——まさにそれは桐谷史上、最速の着席劇だった。

桐谷は質問に答えられなかったのに、それが特に深く追及されることもなく、授業が進んだことに驚いているようだった。

そして同時に冷静になって、辺りを見回して気付いたに違いない。

——他のクラスメイトが、誰も自分のことを見ていないという事実に。

桐谷は、とても人目を気にする女の子だ。

そして、いつも誰かに見られているという意識が強過ぎた。だからこそ自分が少しでも醜態を晒《さら》したとき、その過剰な意識が自分を追い立てる刃になっていたのだと思う。

けれど、それは違う。

自分の想像・妄想・空想とは掛け離れていて、人は他人に興味がない。

恐ろしいほどに。

冷酷なほどに。

——その事実に気が付けない優しい子ほど、この世界では損をすることになる。

「……！」

と、そのとき桐谷がチラリと俺の方を振り返った。

そして嬉しそうに一度、二度と首を縦に振ったのである。

俺も小さく頷いた。

それで終わり。言葉もなければ簡単なジェスチャーもない。俺達《たち》以外は誰も知ることのない小さな戦場で桐谷は勇敢に戦い抜いた。

惜しむらくは――

「(今のはサービス問題だったんだぞ、桐谷……。皆川先生もさすがに『アレクサンドロス大王』ぐらいは答えられると思って、わざわざお前を指しただろうに……)」

――この問題が簡単過ぎたことくらいか。

勉強はカースト上げに関係ないのでしなくていいと言ったが、やっぱり少しぐらいはやってもらった方がいいのかもしれないと思った。

堂々とスマートに『分かりません！』と回答するよりも、ちゃんと質問に答えられるならそれに越したことはないのである。

▲
△
▽
▼

「ねえ、響《ひびき》」

授業が終わるや否や、とても不機嫌そうな奏が近付いて来た。

「桐谷さんに指名されたときの受け流し方、教えたでしょ」

さすが「牧田奏流・指名突破術」の師範である。

自分がいつもやっている逃げ方を完コピしたような立ち振る舞いを目の前で見せられれば、気付くに決まっているか。

「ああ。本当は『アレクサンドロス大王』も教えておくべきだったと今更ながらに反省しているところだ」

「ん……それって、桐谷《きりたに》さんが当てられたときの答えだっけ?」

「なんで疑問形なんだ。超スーパーイージー問題だぞ」

「え……」

奏の意志の強い瞳が少し揺らいだ。「そ、そうなの?」

「…………」

俺は悲しい気持ちになった。

どうやら俺の身近には世界史赤点濃厚者が既に二人ほどいるようだ。

「ああ。うちの学校のテストに出すには常識過ぎて、間違いなく設問にはならないレベルだ。古代ギリシア史の中心だから、予備知識として問題に出ては来るだろうがな。この調子だと奏も期末テストは血を見るだろうな……」

「別に。今までみたいに響が一緒にテスト勉強して教えてくれるから大丈夫でしょ」

「どうだろうな」

「……大丈夫だよね?」

不安そうな目で、奏が俺の方を見た。俺はこの縋《すが》るような瞳に弱い。今まで奏と長いこと一緒にいるが、たぶん一番たくさん見て来た瞳だからだ。

「当たり前だ。全教科、一つたりともお前に赤点は取らせないさ」

「うん」

「だから、なんか怒ってるみたいだけど、この決意に免じて許してくれ」

「それはまた別の話だよ」

嘯《うそぶ》くように奏《かなで》が言った。

そのまま奏は俺の耳元に唇を近付けると、

「ねえ、響——今の桐谷さん、ノーガード過ぎない。なんか早くも男子にモテ始めてる気がするっていうか、たまに桐谷さんの方を見てヒソヒソ話したりしてるんだけど」

「さすがにそれは言い過ぎだ。せいぜい『興味関心を持たれ始めている』くらいだな」

「……響も気付いてたの？」

奏が意外そうな目でこちらを見た。俺は肩を竦《すく》めて、

「俺は『今の桐谷を周りがどんな風に感じているか』こそが目的を果たす上で一番大事だと思っているからな」

実際、奏の主張は本当に過剰だった。

桐谷が「イメチェン」を始めてから今日で一週間と少しが経《た》った。そんな中で、ゆっくりとではあるが、彼女が髪型を変えたことはクラスの人間に認知されつつあると思う。

だが、さすがにそんなにすぐ人の印象とは変わるものではない。

特に——良い方向には。

悪くなるのは一瞬なのだが、良好な評価というものは地道に勝ち取るしかないのだ。

「だが、奏がそんなことを言い出すなんてな。少し意外だよ」

「意外って何が」

「『過保護』とまでは言わないが……俺が思っていたよりも桐谷のことを気に掛けてくれているってことさ」

すると奏は一切表情を変えず、当たり前のように言った。

「別に、変じゃない。だって桐谷さんはあたしと静玖《しずく》の弟子みたいなものだから」

「……初耳だな。三人はいつの間に師弟関係を結んだんだ？」

「トークルームがあるの。あたしと静玖とココと桐谷さん四人の奴《やつ》が」

「…………なんだと？」

こっちの方が更に初耳だった。

「そこで日夜活発にあたし達は桐谷さんに美容ネタを教え込んでるわけ。もちろん、ちゃんと毎日、髪や身体《からだ》のケアをしているかも報告してもらってるよ」

「ちょっと待て、奏」

「なに」

「俺達五人のメッセージグループもあるのに、いつの間にか、わざわざ俺だけ外したグループを作ったのか……？」

「そうだよ。ほら見て、ルーム名が『響には内緒』になってるでしょ」

奏はスマホを取り出すとトークの内容を指で隠し、画面に表示されているルーム名だけを俺に見せつけた。もちろん参加者は言うまでもなく「牧田奏、しずく、ココ、羽鳥」となっている。

「……なんて悪趣味なグループ名なんだ」

「いいじゃん別に。男子のいない空間があった方が桐谷さんも気楽だろうし」

「それはそうかもしれないが……」

元はと言えば俺と桐谷との関わりは、亮介《りようすけ》を縛り付けているスクールカーストのしがらみを破壊するため、俺が独自に始めたものだった。

だが、気が付けば早くも桐谷は俺の手を離れ、新しい人間関係を築きつつあるわけだ。

それを考えると少し胸の奥が疼《うず》くような気分になる。

この感情は、いったい？

奏のことを過保護扱いした俺の方が、桐谷に対して「育ての親」のような感情を抱いているのかもしれない。


その日の放課後。

俺は早くも恒例の場所となった喫茶「イーハトーブ」に桐谷を呼び出していた。俺達が二人で話せる機会は少ない。というのも俺達はメッセージアプリなどではそこそこ密接に繋《つな》がっているのだが、学校で絡むことは未《いま》だにほとんどなかったからだ。

理由はシンプル。

周囲のクラスメイトが桐谷を見る目は、結局未だに「底辺オタク」のままだからだ。

スクールカーストは時間によって形成されるものだ。俺達と学校で絡んだとき、まだ今の桐谷ではそれを周囲の人間に納得してもらえない。

だが、それも今日までの話だ。

明日からは、状況を一変させ、攻めに転じる——そのつもりで俺は今日、桐谷をこの空間に呼び出したつもりだった。

「桐谷。今日も内面のレッスンを続けていくわけだが……」

「はい！」

元気よく桐谷が返事をした。

「いい返事だ。その前に、他の悪癖については上手《うま》い具合に自制出来ているか？」

「他の……『パロディ多用』と『自虐癖』ですか」

「ああ」

「そうですね……パロディの方は結構実感がある気がします」

「なるほど。聞かせてくれ」

「えっと、この前、月村《つきむら》さんに自分のことを『言いたがり』だって言われてわたしは一番ハッとなったんです。実は前々から友達にも『羽鳥はパロの使い方がおかしい』とか『言った後にドヤ顔するのがウザい』って、文句を言われてまして……あはは……」

散々な言われようである。

ここで表情にまでクレームが付くのは、これまで多くのヘイトを集めた結果だったのだろうか。

「ネタが通じる内輪であっても、パロディを上手く使えてなかったわけだな」

「はい。完全に乱発してましたね……なので、今は以前よりも多少は弁《わきま》えて使えているかなと思います」

自らに言い聞かせるように桐谷がしみじみと言う。

「やっぱりこういうのは量より、質ですね。勉強になりました」

「わかってくれたようで何よりだ。時事ネタや作品からの引用は会話を面白くするためのテクニックではあるが、単に言えばいいというモノではないからな」

「はい……」

「自虐癖の方はどうだ？」

「ええと……自虐の方はわたしが何を言っても『はいはい、いつものね』って感じで周りはスルーするので実感はそこまでないんですが、出来る限りではありますが……が、頑張っているつもりです！」

「よし。治まらないようだったら静玖に新しい罰ゲームを考案してもらって、改めて荒治療することになるからな」

「うっ……そ、それはその……勘弁して欲しいですね」

マスクから覗《のぞ》く頬を赤く染めて、桐谷が消え入りそうな声で言った。

「やっぱり、ちょっぴり恥ずかしかったので……」

——自虐する度に俺達《たち》の良いところを言う。

本来ならば「自分の良いところを言う」というのが正しい反復練習なのだが、自己評価が低すぎる桐谷はすぐにネタに詰まることが見え見えだったため、静玖の適当な思い付きも相まって、一緒にいた俺達を褒めちぎってもらった。

桐谷は大いに恥ずかしがっていたが、あのゲームをきっかけに奏達三人との距離がグッと縮まったのは事実だと思う。

「そんなにアレを気にしていたのか。ココに対する奴なんて、もはや告白レベルに熱が入っていて見ていて気持ちいいぐらいだったが……」

「い、いえ……他の皆さんに言うのは、別にいいんですが……」

「他の……ああ」

少しだけ場の空気が変わったような気がした。桐谷の言いたいことはすぐに分かってしまった。俺は声色から話す内容まで細心の注意を払い、ゆっくりと口を開く。

「俺に言うのが、恥ずかしかったということか」

「……………はい」

赤く、赤く——本当にぱちんと弾《はじ》けて飛んでいってしまいそうな程に頬を赤らめ、桐谷が肩を縮こまらせる。

だが俺としては、若干意外な心持ちだった。

なぜなら、あの時、俺が桐谷に言われたことといえば――

「……申し訳ないが、俺としては、桐谷がそこまで恥ずかしいことを言ったとは思わなかったな。ココに言った奴の方が、よっぽど内容が凄《すご》くなかったか？」

「ええええっ!?　つ、月村さん、それはおかしいですよぅ！」

「おかしいと言われてもだな」

ババッとすぐさま顔を上げ、桐谷が強い口調で反論した。

「いくつかあったが、それでも『月村さんはとっても、とっても優しい人です』とかじゃなかったか？」

「あああぁーッ！　わ、わたしの台詞《せりふ》まで忠実にイケボで真似《まね》しないでくださいぃ！」

頭を抱え、桐谷が絶叫した。

その声量が思った以上に大きかったため、俺は思わず店内を見回してしまう。

幸いなことに空いている時間帯だったため、俺達以外に客はいなかった。カウンター越しにグラスを磨いていたマスターと目が合った。

マスターは何も言わず、にっこりと笑い掛けてくれる。俺は苦笑いで会釈を返した。

「う、ううう……恥ずかしいです……」

桐谷は耳まで真っ赤にして、ぐにょぐにょと動きながら、未だに呻《うめ》き続けている。俺は変な物体と化した桐谷を見下ろし、小さくため息をつきながら、

「まぁ慣れてくれ。これも経験だ」

「そ、そんなっ――月村さん！　それはドS過ぎます！」

「桐谷《きりたに》……君は何でそんなにSとかMみたいな単語が好きなんだ……とにかくだ。このまま遊んでいても俺は構わないし、もうすぐ四時になるから息抜きがてらにヴァミへのランクマに二人で繰り出しても良いんだ。ただし、遊んでばかりはいられないからな」

「そ、そうでしたね！　今日は何をやるんですか？」

桐谷が鞄《かばん》の中からボイスレコーダーを取り出し、机の上にぽんと置いた。

先日、家での「予習復習用」に俺との会話を記録させて欲しいという桐谷の申し出があって、それを了承したら、こんなモノを用意して来たのだ。

スマホのアプリでも録音は十分可能なはずだが、桐谷曰《いわ》く「隠し撮りは月村さんに失礼だと思うので」とのことだ。

俺としてもデータが残るならば尚更《なおさら》考えて話さねばならなくなる。多少の結果も出つつあるからだろう。桐谷の「自分を変えたい」という意欲は非常に高く、俺はそれを喜ばしく思っていた。

「ああ。それこそ面接の指導みたいで恐縮だが、人と話すときの視線の置き方やテクニックについて――」

と、そのときだった。

カランコロンと「イーハートーブ」のドアベルが鳴った。新たにお客が店にやって来たようだ。ついと視線を一瞬、そちらに寄せると――

「本当にこんなところに店がありましたね……我藤《がとう》さんの言う通りでした！」

「ね、言ったでしょー？　しっかり今日は調べて来たんだから！」

「地元民じゃないと気付かない場所ってのは本当でしたね」

「大会前にこういう場所で和めば、土曜のダンスにも磨きが掛かるってところなんですかねぇ」

「……おい。あまり騒がしくするなって。こういう店ではマナーが大事だぞ」

「わかってるよ、リョースケ。渋いカフェなんだから渋くするっつーの――あれ？」

「どうした、我藤――は？」

男三人、女三人。

合計六人の男女が話しながら入店してくる。全員が制服姿だった。もちろん、この辺りにある学校は一つだけ――市立八王子高校のものだ。

そのうちの複数名と俺は面識があった。

そして、二人はクラスメイトだった。

我藤美紀《みき》。

藤代《ふじしろ》亮介。

――やって来たのは、我が校のダンス部の面々だったのである。

「響《ひびき》……？」

恐る恐るという感じで亮介が近付いて来る。だが、数メートル歩けばそれが確信に変わったようだ。

亮介は妙に沈んだ様子だった表情をパァッと明るくさせると、

「お、おおお！　響じゃんか！　なんでこんなところにいるんだよ！」

「……そっちの言葉を借りるなら地元民だからだな」

「そ、そうか！　響は家がこの辺りだもんな！　あっ、一緒にいるのは……なっ!?」

水を得た魚のように一瞬でテンションを上げて話しかけて来た亮介だったが、俺の向かいに座っている人物を確認した瞬間——絶句した。

そこにいたのは、まず間違いなく亮介が想像すらしていなかった人物。

それどころか、俺がこの喫茶店にいる理由そのものであり、亮介の密《ひそ》かな想《おも》い人《びと》である少女——

「………ど、どうも」

桐谷羽鳥《はどり》だったのだから。

「え、ちょっ……は……？」

状況を呑み込めず、亮介は目を白黒させ、俺と桐谷の顔を交互に見つめた。すると桐谷は視線を伏せって黙り込んでしまう。

亮介はクッと唇を噛《か》み締め、そして——

「どうしたんですかー、先輩？　知り合いでも……うおっ!?　つ、月村さん!?」

「つ、月村先輩!?　うそ、マジで!?」

「あのあの、先輩！　こここって先輩も常連のお店なんですか!?」

次にダンス部の面々がこちらに近付いて来た。

男子の中には見知った顔もいる。ということは一年生が多いのかもしれない。そういえば先程の会話の内容的に、二年生は——亮介《りようすけ》と我藤だけか。

「うわ……マジで？　月村がいるとか超意外なんですけどー」

と、ここで最後にゆっくりと我藤が近付いて来た。

ウェーブの掛かった金のミディアムロングに好戦的で自信に溢《あふ》れた表情。嗜虐《しぎやく》的に吊《つ》り上がった口元を透明なリップで飾《かざ》っている。

さて、これ以上はさすがに黙っていられないな。

馴染《なじ》みの店だ。

うるさくならないように面倒事は片付けたい。

「亮介にも言ったが、地元民だからな。俺としては、ダンス部のみんながこうして来ることの方が意外だ。駅からは離れてるし、見付け出すのも大変だっただろう？」

「そりゃあ調べたもん。アタシとしても驚いたよ。カフェ巡りが趣味のアタシが、学校の近くにある名店を見逃していたなんてね。でもそれ以上に——」

立ち止まった我藤のローファーが板張りの床を鳴らし、カッと硬質的な音を奏でた。

そして、クスリと笑った。

その後も次から次へと笑いが込み上げて来て止まらないようで、口元に手を当て、まるで自分を押し留《とど》めるかの如《ごと》く身体《からだ》を震わせる。

「月村《つきむら》と桐谷が一緒にいたことが何よりの驚きだけどねー？」

ぐいっと首をもたげ、俯《うつむ》いていた桐谷の顔をわざわざ覗き込みながら我藤が言った。

「うっ……!?」

桐谷が眉を顰《ひそ》め、苦悶《くもん》の表情を浮かべた。

俺は心の中で桐谷に「慌てるな」と念を送ってはみたが、どう見ても彼女がそれを受信出来ているようには見えなかった。

自信を持て。胸を張れ、桐谷。

決してやましい事情があるわけじゃないんだ。

むしろ、どんな風に振る舞ってもいい。ここで下手な動きをして、最も厄介なことになるのは――君じゃない。

「これって問題じゃなーい？　牧田《まきた》は知ってるわけ？」

我藤がニヤニヤと笑いながら言う。

「そうだな。俺達が今日一緒にいることを奏《かなで》が知っているかどうかで言えば、知らないような気がするな」

「ほら、やっぱり！　つまり浮気ってことで――」

まさに言質を取ったとでも言わんばかりに我藤が囃《はや》し立てようとした。その瞬間、俺は我藤の言葉に少し強い口調でわざと言葉を被《かぶ》せた。

「――というよりも、俺達がどこで会おうと奏は気にしないというのが事実だな」

「は……？　なにそれ、どういうこと？」

露骨に不機嫌そうな顔をした我藤に、俺は囁《ささや》くように言った。

「すまない。それは秘密なんだ」

「はぁっ!?」

「奏に訊いてみてくれ。あいつがいいと言ったら俺も話そう」

「なっ――」

我藤が一瞬、面食らったような表情を浮かべた。

我藤と奏は実際、絡みがほとんどない。亮介という接点があるため、俺の方が我藤とは話す機会が多いくらいだ。

というよりも我藤の方が奏に一方的に苦手意識を抱いているような気がする。

ギャル系とモデル系で方向性は多少異なるが、二人は共に美人系で系統は近い。

そうなってくると容姿や身長、発言力、ステータスなど細かいスペックでの直接的な比較が可能になってしまう。

そして――我藤は奏の隣にすら並びたがらない。

俺はそれが答えだと思っていた。

「えっ！　美紀先輩ってやっぱり牧田さんとも交流あるんですか？」

「っ……そ、そりゃあね。同じクラスなんだし」

「うわっ！　実は私、大ファンで『ＣＯＲＡＬ』も毎月買ってるんです！」

「確かに。同じ学校に現役のモデルがいるなんて凄いよなぁ」

「それそれ！　しかも、うちって結構な進学校なのに！　牧田さん、きっと頭も良いんだろうなぁ……」

我藤を差し置いてダンス部の後輩達《たち》が盛り上がる。

奏のファンだなんて我藤の前で言って大丈夫なのかという思いと、奏は見た目がクールビューティなだけで勉強は全く出来ないという悲しい事実に申し訳なさを感じる。

だが、つまりこれは会話の脱線である。

我藤が持ち出した「浮気」という話題は後輩達にはあまり響かなかった。それは無理もない。俺と奏は学校で一番有名なカップルだが——我藤がその浮気相手として囃し立てようとした桐谷羽鳥のことなんて……ダンス部の子達は、誰も知らないのだ。

——知らない人間、ましてや先輩を後輩が弄《いじ》るのはキツい。

特に体育会系なら尚更だ。

だからこそ、今、この場にいない牧田奏が話題の中心になったのだ。月村響と牧田奏はハチコーのベストカップル。俺と初めて話した後輩が話のネタにしやすいのは、やはり俺の恋人であり、数万人のインスタフォロワーがいる奏なのだ。

だから、この脱線は必然である。

教室と同じようなノリで、つまり「桐谷に今までやっていたようなノリ」で——俺を合わせて弄ろうとしたのは我藤の大失敗だったわけだ。

そうなるように話を誘導した俺も中々の極悪人だとは思うが、な。

「ちっ……」

そんなこともあって我藤は唇を噛み締め、自らがぶち上げた話題を無言で撤回せざるを得なくなっていた。自然と、口数も少なくなる。

そのときだった。

「えーと……な、なぁ、みんな。オレ、思ったんだけど……この店、ちょっと雰囲気がチャラい俺達には合わなくないか？　今更で悪いんだけど、ジャズよりもヒップホップなんかが流れてる場所で、週末の大会に向けて集中力を高めるべきじゃないか？」

——これまで完全に黙り込んでいた亮介が、不意に口を開いたのは。

と、すぐにダンス部の後輩達が亮介に絡み始めた。

「いや、亮介さん。そんなこと言って月村さんが先にいて、大人な雰囲気過ぎる店で、どう見てもめっちゃ俺ら浮いてることに気付いちまったからじゃないですか？」

「分かってるみてーだな、園田《そのだ》。特にオマエが大会用に気合入れて編み込んできたコーンロウは最高に悪目立ちしてるぜ」

「ちょっ……お、俺はともかくとして、俺の髪を悪く言わないでくださいよ!?」

「園田うるさーい。でも、藤代さん。せっかくこうしてお店に来たわけですし、黙って出てくのはなくないですか？　美紀先輩が可哀想《かわいそう》ですよ」

「それは……わかってるよ。勿論《もちろん》、このまま解散ってわけじゃない。どこか他の店にすぐ入ろう。羽鳥ちゃんの邪魔をするのも悪いしな」

「うーん、そうですねえ……。ならいいのかな……。園田と小林《こばやし》はどう思う？」

「俺らは先輩方の意見に従うよ」

「右に同じく」

「茜《あかね》は？」

「私もそれでいいかな。というか、なんか店出る流れ？」

「まぁ、確かにそれは感じるカモ……」

最後まで食い下がっていたダンス部の女子がちらりと視線を右に寄せた。そこには、決定権を持っている人物が腕を組み、仏頂面で立っている。

我藤美紀だ。

「…………わかった。出るよ」

「す、すまない、我藤。楽しみにしてたのに」

「いいよ。アンタはその方がいいんでしょ」

「え。ま、まぁな……？　それは、そうだな……」

「じゃあ、それで」

乱雑に応対を済ませると、もう用事は済んだとばかりに我藤は去っていった。だが、彼女は歩き出す瞬間、ちらりと、ある人物の顔を見たのだ。

俺は、ああ、と思った。

——完全にやらかした、と。


こうしてダンス部の六名は喫茶「イーハトーブ」から出て行った。

マスターは「うちはそこまで徹底した店じゃないから、あれぐらいに騒がしい子達でも大丈夫なんだけどね」と苦笑していたが、俺は頭を下げることしか出来なかった。

「「……」」

そして店に残った客は俺と桐谷《きりたに》だけになる。我藤《がとう》達が立ち去ってから、初めて俺と桐谷の目が合った。桐谷はぎこちない口調で言った。

「……や、やっぱり、わたしは我藤さんが近くにいると上手《うま》く喋《しゃべ》れないです」

「仕方ないさ。無理をする必要はない」

「はい……」

桐谷が俯いたまま、マスクをずらしてコーヒーを飲んだ。

「（……桐谷は、亮介の失言に気付かなかったか）」

不幸中の幸いとはこのことか。

そう——あの会話の中で、亮介は決定的なミスをした。

実際、亮介は相当に上手く場をやり過ごしたのだ。俺達と我藤と後輩達の板挟みに遭いつつ、危機的な状況から脱出を成功させた。

ただし、これは……やはり惚《ほ》れた弱みなのだろう。

たった一言だけ。亮介は言ってはならないことを言った。それはおそらく、あいつの中にある優しさだとか、熱い想《おも》いが原因だ。

それが徒《あだ》になった。

——亮介が桐谷に特別な想いを抱いていると我藤美紀《みき》は気付いてしまった。

「(だが、これは……)」

喧騒《けんそう》は過ぎ去り、室内に流れるのはジャズミュージックだけ。俺はため息をついて、おそらく叶《かな》うはずのない祈りを捧《ささ》げる。

願わくば——桐谷がこれ以上、傷付かないように、と。

だが、その望みは、きっと叶わない。

俺の視線の先にあったのは、桐谷が用意したボイスレコーダーだった。

今、桐谷は亮介の失言に気付いていない。

だが彼女が、もし今日も、しっかりと「復習」を行ったならば——あの会話の中にあった違和感に一切気付かないなんてことは、きっとないと思うのだ。

だって桐谷羽鳥《はどり》は変わったから。

何にも気付かない愚者のまま、終わるはずがない。

▲
△
▽
▼

あの後、当初から予定していたレッスンを桐谷と行った。桐谷は我藤との予想外のエンカウントを気にすることもなく、俺の話に聞き入り、その日はそつなくお開きになった。

その日の録音は「価値のあるデータ」として、桐谷も認識しただろう。

きっと彼女はそれを聞き返す。真実に気付く。

だから俺に出来ることは、一つだけだ。ありのままを受け入れ、最後まで桐谷を支え続けること――


「ねえ、響《ひびき》」

と、並んで歩いていた奏が不意に言った。

「どうした」

「これ、今日の分のお弁当」

握っていた手を離し、おもむろに鞄《かばん》の中から弁当箱を取り出した。俺の昼食は奏が家から持って来ることになっている。だが、それを登校中に手渡して来るのは珍しい。

「……今渡されても困る」

「今日は荷物が多くて、鞄が重いんだよ」

「まったく……了解した。ちょっと待ってくれ」

そんなこともあって、俺は校門の少し前で立ち止まり、荷物の入れ替えを行うことになった。するると、そんなときだった。

「おーい、響！」

「ん……？」

「よかった！　教室に入る前に捕まえられたか！」

駅の方からやって来た亮介《りょうすけ》が、俺に気付くや否や、一気に駆け寄って来る。それなりの距離をダッシュしたのに息は全く上がっていない。

実は今日、亮介からは『朝イチで話したいことがある』と先に連絡を貰《もら》っていた。登校中にモタモタしていたおかげで、スムーズに合流出来たようだ。だが昨日の事情を知らない奏《かなで》からすると、亮介がいきなりやって来たのを妙に感じたらしく、

「どうしたの、藤代《ふじしろ》。朝からそんなに慌てて……」

「すまん、牧田《まきた》。響をちょっと貸してくれ。ちょっと話があるんだ」

「ふーん……」

奏が表情を変えず、亮介に尋ねた。「それって、あたしも一緒にいたら面倒な話？」

「えっ。ま、牧田も来るのか……？」

「彼女には聞かせられない話って言うなら、席を外すけど」

「あー……そういうわけじゃ……いや、でもな」

「奏がいてもおそらく問題はない」

「そうなのか？」

「ああ」

亮介が困っているようなのですぐに口を挟んだ。

なにしろ今から話す内容は――

「……奏には全く無関係の話題ってわけでもないからな」

すぐに話し合いたい話題とはいえ、朝のロングホームルームが始まるまで時間が有り余っているわけではない。こうして俺達は一度、鞄を置いてから、人通りの少ない校舎二階廊下の端に移動した。

奏は壁に背中をもたせかけ、腕を組んで俺達を無表情で眺めている。奏曰《いわ》く「あたしは見てるだけ」だそうだ。そして、向かい合って対峙《たいじ》するのが俺と亮介だ。

口火を切ったのは、亮介の方だった。

「……響。オマエ、オレに隠してることがあるだろ」

「というと？」

「しらばっくれても無駄だぜ。そもそも、あの場でツッコミを入れるわけにはいかなかったけど、なんで響と羽鳥ちゃんが一緒にいるんだっ！」

「それは――」

「藤代。あんたって桐谷さんのことを『羽鳥ちゃん』とか呼んでんの？　マジで？」

「見てるだけじゃなかったのかよ、牧田ぁ！　口出すの、はえぇよ！」

「だってなんかキモくて。それに普段、藤代って女子を誰も名前で呼ばないし」

「なっ……う、うっせーよ！　直接は呼んだことねぇよ！　それならオレの自由だろ！」

「いや――」

　瞬間、俺はぴしゃりと言った。

「一度、呼んでいるんだ」

「は？」

「気付いてなかったか。昨日、イーハトーブでお前は桐谷のことを下の名前で呼んだ」

「な、なんだって……？」

「後輩達《たち》との会話の流れで、自然に呼んでいた。後輩達は桐谷の名前を知らないからスルーしたし、桐谷本人も気付いていなかったが……おそらく我藤はそれで気付いたんじゃないかと思うぞ。奏も言うように、お前は女子を苗字《みようじ》で呼ぶタイプだからな」

　気になってはいたのだ。

　我藤は亮介を「リョースケ」と呼ぶが、亮介の方は「我藤」と呼ぶ……。

　普段亮介とタメで接する機会がある人間ならば、こいつが「羽鳥ちゃん」などと真顔で言い出せば驚くものなのだ。それ以外にも――

「他にも、明らかにお前の態度は不審だった」

「なっ!?」

「桐谷を見た瞬間、帰ろうと言い出すまで黙り込んでるのは不自然すぎたな。本来、あそこでお前が黙る理由はないんだ――心に隠してることがない限り」

「……同じく隠し事をしてる奴《やつ》に言われるとはな」

「すまないな。実は少し前から桐谷と会って話す機会があった」

「話してるだけじゃないだろ？　響――オマエ、羽鳥ちゃんに、なにか教えてるだろ？」

亮介がガシガシと頭を掻《か》いたのち、ため息交じりに言い放った。

「ほう……」

「意外。藤代、ちゃんと気付いてた。桐谷さんを響が奪おうとしてるとか、間抜けなこと言い出したらバカにしてやろうって思ってウズウズしてたのに」

「茶化すな、奏」

「だって……藤代の奴、露骨な負け顔で登場したんだもん……」

「誰が負け顔だ！　人を滑り芸人扱いすんな！」

亮介がブスッとした表情で続ける。

「オレだって牧田ほどじゃないが、響と付き合いが長い。コイツがオレが好きだって言った子に手を出すような外道じゃないのは十分分かってるんだ。でも……何故《なぜ》か響と羽鳥ちゃんは一緒にいた。その理由は？　そりゃあ一つしかないだろ。そもそも最近の羽鳥ちゃんはどんどん可愛《かわい》くなってんだよ。だとしたら、裏で誰かが糸を引いてるって思うのが普通じゃないか？　で、そんなことが出来る奴は――オマエしかいないだろ、響？」

「……正解だ」

「おっしゃっ！　やっぱなぁ！」

さすが亮介だ。こいつは今の奏との会話のようにふざけた立ち回りも出来るが、芯は決して外さない。無駄な説明をしなくて済むのは本当に助かる。

「つまり……アレだろ？　羽鳥ちゃんが色々な意味で強い女の子になれば、我藤が何を言っても効かなくなるし、オレの恋も成就するって考えてくれたわけだ！　いやぁ、やっぱり持つべきものは友達だよなぁ！　ハハハ！」

「いや……？」

「ん？」

「前半は合ってるが、お前の恋がどうなるかまでは知らん」

「えっ」

「そこはお前が頑張るところだ。好きな女の子くらい自力で落としてみせろ」

「響さぁ。っていうか、藤代と桐谷さんは絶対合わないと思うって素直に言えば？」

奏がにこりともせずにぼやいた。

……答えに困ることを堂々と本人の前で言うものだ。

「そこはノーコメントだ」

「……なぁ牧田。随分とオマエ、羽鳥ちゃんの肩を持つよな？　もしかして、やっぱりオマエも一口噛《か》んでるのか？」

「あたしっていうか、静玖《しずく》とココもね」

「は？」

「響とあたし達三人と桐谷《きりたに》さんのメッセージグループもあるし」

「はぁあああああ!?　なんでオレだけ外してんの!?」

「……それはお前が桐谷のことを好きだから、逆に絡ませられないんだ。一度、本人を交えた場に来ただけでボロを出したわけだろ？」

「ぎゃ、逆に絡みを増やすことで、耐性を付けるって考えもあるだろ……!?」

縋《すが》るような眼差《まなざ》しで俺と奏を見る亮介。

これぞまさに「負け顔」以外の何物でもない。露骨に「そのグループにオレも入れてくれ」と訴えかけて来ているが、実際それは難しい。

俺達は別に構わないのだ。

だが、桐谷は、おそらく——

「月村《つきむら》さんっ!!」

そのときだった。

背後から凄《すさ》まじい大声で名前を呼ばれたのは。

「…………羽鳥ちゃん？」

呆《ほう》けたようにそう漏らした亮介が言ったとおり、すぐそこに桐谷羽鳥が立っていた。

彼女が纏《まと》う雰囲気は異様だった。

眼光は鋭く、呼吸は荒く、鬼気迫る形相でこちらを見つめている。口元を覆う黒のウレタンマスクが息苦しくて仕方ないのだろう。

俺と目が合った瞬間、スッと指でマスクに隙間を作り、彼女は空気を吸い込んだ。

「桐谷」

俺が彼女の名前を呼んだ瞬間だった。

「月村さんは……最ッ低の人です!!　見損ないましたッ!!」

桐谷がその言葉を遮って——

俺の頬を平手でブッ叩《たた》いたのは。

「……!」

——湧き上がるのは頬の熱と衝撃、そして一緒に伝わってくる桐谷の怒りだった。

「はぁっー、はっー、はっー」

息がどんどん荒くなる。

桐谷は激情に染まった瞳で俺を睨《にら》みつけ、そして苦悶《くもん》の表情を刻む。一枚のウレタン繊維が彼女の呼吸を阻んでいる。怒りに身体《からだ》が付いていっていない。

桐谷は忌々しそうに口元をマスクの上から撫《な》でた。

そして次の瞬間——

自ら、マスクを剝ぎ取った。

「はー、はー……」

桐谷は俺達に素顔を晒《さら》していることを、微塵《みじん》も気にしていなかった。むしろ、そこまで頭が回っていないというのが正しいのかもしれない。

ハッキリと言おう。

――桐谷羽鳥《はどり》は、普通に可愛らしい顔をしていた。

口元には傷もなければ、火傷《やけど》もない。

ちゃんとした普通の顔がある。隠す必要なんて微塵もない。大きな瞳とすっきりした鼻梁《びりょう》、小さく整った唇、輪郭のラインはとてもシャープだ。

桐谷は、何があってもマスクを外すことを拒否し続けていた。

だが、今の桐谷は……剝《む》き出しの状態で、俺の前に立っていた。

肩で息をして、血が出そうなほど強く唇を噛み締めながら。

彼女の壮絶な表情を見れば、それが冗談などではなく本気の行動であることはすぐに分かった。

「月村さんを、わたしは……軽蔑します。それから――」

桐谷は俺から視線を外して、その傍らで驚愕《きょうがく》のあまり口元を押さえ、目を見開いていた奏の方をクッと睨みつけた。

「牧田さんも、最低ですッ……！」

「え、えっ」

まさか自分にまで矛先が向くとは微塵も思っていなかったのだろう。奏《かなで》がビクリと大袈《おおげ》裟《さ》なほどに背中を震わせ、気の抜けたような狼狽《ろうばい》の声を漏らした。

「最低……最低……地獄に落ちろ……クソリア充共……死ね、死ね……！」

呪詛《じゅそ》のような言葉。

それでも瞳は潤んだままだ。

「——月村さんは、わたしが、気付かないと思ってたんですよね。でも昨日の録音がありましたから。アレを何度も聞いて、わたし、変だなって思ったんです。藤代《ふじしろ》さんが月村さんに『羽鳥ちゃんの邪魔をするのも悪いしな』って言ったんです。邪魔？　邪魔ってなんですか。おかしいですよね。それって、わたしが何かを頑張ってることが前提になってる台詞《せりふ》じゃないですか。でも藤代さんとわたしに接点は何もないです。本当なら藤代さんがこんなことを言うはずがないんです。

それに、もっと変なのは呼び方です。羽鳥ちゃんって……なんだか妙に親しげじゃないですか。わたし達、全く絡みとかないのに。なんでだろうって思ったんです。もしかして、わたしのこと、好きなのかなとか。でも気付いちゃったんです。気付いたときは、本当に、本当に身体が震えました……」

頬を赤らめた桐谷が俺、亮介《りょうすけ》、奏を順に睨《ね》め付け、そして言い放った。

「——月村さんがわたしに近付いてきた理由が、それだったんじゃないかって。だって月村さんみたいな人が、友達の恋愛を応援しないはずがないんです。だから、それが何よりの優先事項で……わたしを変えてくれるなんて口実だった。違いますか？」

「桐谷。まず一つだけ言わせてくれ」

「なんですか」

「俺のことはどう罵ってくれてもいい。だが亮介だけは悪く思わないで欲しいんだ」

「悪く思うもクソもありません。藤代さんのことは、元から特に何とも思っていないので印象が良くなることも悪くなることもないです」

そして桐谷が言った。

「わたしは、皆さんを信じていました。皆さんを本当にいい人達で、優しい人達ばかりだと思っていたのに……そこに裏があったことが分かって、裏切られたことが辛《つら》くて、悲しくて……絶望しているんです」

桐谷は深く息を吐き出し、はたと俺を見上げた。

そこから燃えるような怒りの感情を感じ取ることは出来なかった。

闇を携えた深い黒。

桐谷が最も俺達に吐き出したい思いは「怒り」ではない。

――「恨み」だ。

「やっぱり、みんなでわたしのことを嗤《わら》っていたんですよね。どうせわたしだけを外したグループが他にもあって、裏ではネタにしてたんでしょう？　面白かったですか？　楽しかったんですか？　クズが『自分を変えよう』って、身の丈に合わない努力をしてる姿なんて、きっと皆さんのような人達《たち》には愉快で仕方なかったんでしょうね。いじめはいじめられる側に原因があって、加害者が悪いわけじゃないって考えてるタイプです。あなた達は……本当に残酷な人達です。こんなこと言っちゃって、わたしはもう終わりですけど……以上です。あとはお好きなようにしてください」

「おい、桐谷！」

「失礼します！」

桐谷は俺の声をそれ以上の大声で掻き消すと、俺達から逃げるように背を向けて、そのまま二年二組の教室へと飛び込んだ。

辺りは騒然としていた。

早朝のこの時間に、いきなりあれだけの大声で女生徒が怒り始めたのだ。

注目を集めないわけがない。

ただ幸いなことに場所が廊下の最端だったこともあり、人が集まってくるまでに桐谷は全ての話を終え、この場から立ち去った。

だが、会話の内容は知られずとも、その事実だけは一気に広がる。

――月村響《ひびき》と牧田《まきた》奏を、同じクラスの女生徒がいきなり怒鳴りつけた、と。

「……」

嵐のような時間が過ぎていった。

桐谷に打《ぶ》たれた左の頬に、自然と手が伸びる。

彼女は他人を殴ったことなんて今まで一度もなかったのだろう。実際、当たり所は相当悪かった。平手打ちとは名ばかりの滅茶苦茶《めちゃくちゃ》なフォームで、もはやねじ曲がった掌底打に等しい一発が、俺の顔に叩き込まれたことになる。

これでは打たれた俺よりも、打った桐谷の方が痛かったはずだ。

「ひ、響……桐谷さんが……あ、あたし達、陰口なんて言ってないのに……」

奏が唇をブルブルと震わせながら、俺の方に近付いて来た。

血の気が引いて、元々白い顔が真っ青になってしまっている。桐谷のあまりの勢いにビビってしまった奏が顔面蒼白《そうはく》のまま、俺の腕を摑《つか》んで身体をひしっと寄せた。

これが本来の奏の姿だ。

いつもは頑張ってクールキャラを演じて、理想の女性に近付こうとしているだけ。

——そう、あの人みたいに。

「……安心しろ。奏達のことは完全な誤解だ。桐谷だって頭に血が上って、全部を悪い方向に考えた末ああ言っただけで、根拠があって言ったわけじゃない」

「そ、そうなのかな……」

「ああ。そうだよ」

俺は奏の頭をぽんぽんと撫でながら言った。

と、傍らで同じく沈み切った表情をしている男がいることに気付く。

亮介だ。

「俺、なんかついでにフラれてんだけど……え？　そんなに脈なしだったの……？」

「……当たり前じゃん。桐谷さんは亮介みたいにダンスやってる陽キャがこの世で一番苦手なんだよ。奥手な子なんだから」

「えっ、ダンスやってるだけで駄目なの!?」

「そりゃあ……ココが言ってたけど『オタクにダンスは本気で相性最悪』らしいし」

俺に抱き付きながら、奏が遠慮なしに亮介へ好き放題言いまくっていた。

そんな二人を眺め、俺は深く息を吐き出した。

――考えろ。

まず桐谷の誤解を解かねばならない。俺は何を言われても仕方ないが、本当に善意で協力してくれたみんなを桐谷に悪く思われたままにするわけにはいかない。

桐谷は、みんなのことを信じていた。

その優しい気持ちが、今は反転して触れるモノ全てを傷付けるナイフへと変貌してしまっているのだ。

信じていたからこそ、辛くて苦しい。

けれど、それは勘違いだ。桐谷は無駄に傷付かなくていいはずなのに。

だが、それ以上に大きな問題があるはずだ。

この先に起こるであろう未来を予測しろ。そして今、己に出来る一番の方法を見付け出せ――月村《つきむら》響。

五章　そして、マスクを外すとき

桐谷羽鳥

——あの日以来、わたしの人生は一変した。

月村さんがわたしを喫茶「イーハトーブ」に呼び出してくれた日から、三週間ほどの時間が経《た》っただろうか。

月村さんとお話しできることは、わたしにとって夢のような時間だった。

しかも結構な頻度で二人きりで。

今のわたしのオタクとしての主食はジャンプとソシャゲなので、とっくに少女漫画は卒業したわけだが……それでも具体的なタイトルがいくつも思い浮かぶ。

主人公は冴《さ》えない女の子。けれどある日、彼女の前にキラキラした神のようなイケメンが現れて、ひょんなことから二人の運命は交わっていく。そう……主人公は真のイケメンにだけは、その秘めたる価値を認めてもらえる尊い存在だったのだ！

——という話ではなかった。

わたしと月村さんは少女漫画的関係ではない。月村さんには牧田さんという、同じく神のような恋人がいる。甘さは控えめでなくてはならない。

月村さんは、わたしを気に掛けてくれて、放っておけないと思ってくれた。

そしてわざわざ声を掛けてくれて、わたしが自分の中に抱えていた一番の願いを叶《かな》える手助けをしてくれたんだ。

それで十分だった。それ以上を望むはずもなかった。

――わたしは誰からも馬鹿にされたくない。

オタクだし、陰キャだし、カーストも底辺だけど……それでもやっぱりわたしは馬鹿にされたくなかった。それがわたしの一番の願いだった。

でも、その方法がわからなかった。

オタクを辞めたら明日から何を楽しみに生きていけばいいのか分からないし、陰キャをやめてすぐ陽キャになれるわけもないし、カーストの上げ方なんて知らんし。

それでも月村さんは、わたしに言ってくれた。

『なりたい』と口で言っているだけでは何も変わらない。強くならなくてはいけない。それには『自分を変える』必要がある。

――わたしは、月村さんが差し出してくれた手を摑むと決意したんだ。

それからはあっという間だった。

月村さんにしゃぶしゃぶの店に連れて行かれたわたしは牧田さん達と引き合わされて、

その週末には渋谷というヤングの街であり、秋葉系の人間には立ち入り禁止とされていた領域に足を踏み入れ、人生初の美容院を体験した。わたし一人が恥辱を味わう罰ゲーム形式ではあったけれど、遥《はる》かな高みにいる存在だと思っていた皆さんと触れ合うことも出来た。

髪を切って学校に行った最初の日は、とても緊張した。

でも鏡を見たら、少しだけ自信が湧いてきたから、何とかなった。

だって月村さんは「凄《すご》く似合ってる」って言ってくれたんだ。わたしがどう思うかじゃなくて、月村さんが太鼓判を押してくれた。

——だったら、それが間違っているわけがない。

月村さんがわたしを信じてくれたから、わたしは自分を信じることが出来たんだ。

だって「キリタニハドリ」なんて信用出来ない。

わたしは簡単にわたしのことを裏切る。

たとえ他人であったとしても、月村さんの方がわたし自身よりずっと、ずっと——信頼出来る存在なんだ。

だからこの三週間は「月村さんを信じ続けた三週間」だったと言えるかもしれない。

当社比ではあるけれど、効果は覿面《てきめん》だったと思う。

たぶん、わたしは、ちょっとは変われたはずなんだ。

悪い癖になっていた言葉遣いを直して、牧田さんに言われて身嗜《みだしな》みに少し気を遣うようになったからだけでもない。これはわたし自身に「自分に対する信頼感」みたいなモノが芽生えつつあるからなんだと思う。

「キリタニハドリ」を――ちゃんと信じられるようになってきたんだ。

良かった、と思う。

やっぱり月村さんって、本当にステキで、そして何より――優しい人だ。

そう思っていた。思い込んでいた。

――騙《だま》されていた。

わたしは知ってしまった。

月村さんは、わたしを信じてくれたから、わたしを本当に助けたいと思ってくれたから、手を差し伸べてくれたのではないことを。

月村さんと藤代《ふじしろ》さんは友達だ。

月村さんは優しい人だ。大きな人だ。頼り甲斐《がい》のある人だ。そんな人が友達に好きな人が出来たと知ったとき、応援しないなんてことがあるのだろうか。

普通に考えれば、わかる。むしろ、それ以外の可能性が導き出せない。

――月村さんは、わたしと藤代さんをくっつけるために、わたしにコンタクトを取って来たんだ。

このことに気付いたのは、昨日の夜に録音したデータを聞き返していたときだ。

普段なら心に月村さんの一言一句が染み渡り、わたしは恍惚《こりこつ》としながらその日、月村さんに教えてもらったことを復習することが出来る。

けれど、昨日のモノには我藤達《がとうたち》との会話が入っていて、本当はそこを飛ばして再生するべきだとは分かっていたんだけど、何となく気になって聞き直してしまった。

それで気付いた。

最初はちょっとおかしいなって思っただけだったけど、何度も聞いているうちに明らかに藤代さんが変なことを言っていると理解してしまった。

そうなると、あんなに輝いて見えていた月村さん達との思い出が、全て偽りのモノだったとしか思えなくなっていた。

メッセージアプリのトークに残っている、小さくて楽しいやり取りも、その裏でわたしを嘲嗤《あざわら》っているのではないかという疑念が拭い切れない。

だから、わたしは押し潰されてしまった。

月村さんだけではなくて、牧田《まきた》さん、それからその場にはいなかったけど千代田《ちよだ》さんやココちゃんにまで酷《ひど》いことを言ってしまった。

今になって思う。

——自分は、とんでもないことをしてしまった、と。

「(萎《しぼ》む……)」

わたしの中に、あんなに激しい一面があっただなんて。わたしってキレると手が出ちゃう系のヒステリーＤＶ女だったんだ。マジですこぶるクズだ……。

月村さんを殴ってしまった。ついでに暴言も吐いてしまった。

自分でもワケのわからない殴り方をしたせいで、何故《なぜ》かわたしは手首を痛めてしまった。

確か掌《てのひら》の下の骨辺りが月村さんのお顔に直撃したのだ。

わたしがヘタクソだったのもあるし、そもそも身長が二十センチくらい違うから全然スマートに殴れなかった。多分、月村さんはすごく痛かったと思う。

悪いことをしてしまった。謝らなくちゃ……。

いや？

「（わ、悪いのは、月村さんの方だもん……）」

月村さんはわたしを騙したんだ。

すごく大事なことを言ってくれなかった。黙っていたんだ。そんな酷い人は痛い目に遭ってもいいんだ。天罰が下っただけなんだ。

月村さんは、わたしをわかってくれたと思ったのに。

なのに、こんなことって……。

『ねえ。あの話、本当なのかな』

『そうじゃない。近くにいた一組の子が見たって言ってたし』

『なんで桐谷《きりたに》さんなんかが響《ひびき》君のことを……』

『痴話喧嘩《げんか》ぽかったって聞いたけど……』

『いや、だって……響君には奏《かなで》がいるでしょ？』

『だよね。じゃあ、なんだろう。桐谷さんの暴走的な？』

『よくわかんないよね。響君も奏も亮介《りょうすけ》君も何も言わないし』

『でも響君を叩《たた》くなんて……』

『うん。それはさすがにないよね』

丁度、三時間目の休み時間で秋乃《あきの》達とも話す気力が湧いてこなくて、机に突っ伏して、ぼーっとしていたわたしの耳に囁《ささや》くような声が漏れ聞こえた。

——完全に噂《うわさ》になってる。

そりゃあ当然だ。

今になって思えば、昨夜、わたしが事実に気付いたときの怒りと絶望を持ち越して、それを直《ちょく》で叩きつけるために今日があったと言っても過言ではない。

だから周りのことを何も考えなかった。

あまりに息苦しくて、月村さん達の前で咄嗟《とっさ》にわたしはマスクを外してしまったのだ。

顔を、見られてしまった。

月村さんはわたしの顔を見て、どう思ったんだろう。

あれだけ頑《かたく》なにマスクを外さなかったのだから、どうせ大したモノは出て来ないと月村さんも思っていただろう。

だったら……うん。

少なくとも、ドン引きされるようなことにはならなかったと思う。

そう思いたい。

「（ああ……）」

自分から絶交的なことを言ったくせに、結局月村《つきむら》さんのことしか考えてない。

なんて身勝手な女なんだろう。

女。

いや、そんな言葉では生温《なまぬる》い。こんなの、もはや単なる「メス」でしかない……。


ぼーっとしたまま、気が付いたら一日が終わっていた。

その日、わたしは誰とも話さず、あまりに全身から「心ここにあらず」が漏れ出していたのか、授業中に指名されることもなかった。

お昼を誰と、どうやって食べたのかすら覚えてない。でも中身は空だったし、多分自分で食べたのだろう。特にお腹《なか》も空《す》いてないし。

「はぁ……」

わたしはよろよろと歩き、校舎の裏手にある駐輪場までやって来た。

わたしはそこそこ近いところからハチコーに通っているので自転車通学だった。

ただ自転車組は数が少ない。

駐輪場はいつも閑散としている。耳に届くのは彼方《かなた》から流れて来る吹奏楽部が鳴らす金管の音。それとグラウンドから聞こえる運動部の声出しぐらいだ。

なんだか全てがどうでもいい。

完全に無気力な精神的ニートになっている。

クラスの子達も言ってたけど、ハチコー一のハイスペ男子である月村さんに暴力を振るい、同じくハイスペ女子の牧田さんに暴言を吐いたという事実は、あまりに重かった。

明らかに昨日までと周りがわたしを見る目が違っている。

露骨に「ヤベー奴《やつ》」扱いされている気がしてならなかった。

わたし、どうすればいいんだろう。

なんだか、どうにもならなそうだけど。

はぁ。

「よいしょ……」

愛用の自転車のすぐ近くまでやって来たわたしは、ポケットから取り出した鍵で自転車のロックを外そうとした。その瞬間だった。

「おい、桐谷」

「え……」

「来るの遅いっつーの。なんで授業終わってから、駐輪場に来るまでこんな無駄に時間掛けてんだよ。このグズ……死ねよ」

――わたしは、ありえない人物に声を掛けられた。

振り返ると、そこには血走った目をした我藤美紀《みき》が立っていた。

彼女、一人だけではない。

そこには複数の柄の悪い女子が並んで立っていた。
一、二、三――我藤と合わせて合計四人。
四対一。

「え、あ、な、なんで……」

涙袋を強調したアイメイクは眼差《まなざ》しの鋭さを更に研ぎ澄まし、その奥に充満させた殺意をわたしにダイレクトに叩き込んでくる。

「なんでもクソもねーよ」

「だ、だって我藤さんは……電車で……」

「知ってる。うちのクラスで自転車で通ってるのはアンタだけでしょ。だから、ここで待ってればアンタとじっくり話が出来ると思ったわけ」

「わたしと、話を……」

「そうそう。昨日は邪魔が入って、ほとんど何も話せなかったしねぇ」

「で、では、その他の方々は……」

「こいつら？　こいつらはアタシのダンス部の後輩。別に話には入って来ないから安心していいよ。ほら、アンタ達、一応『センパイ』に挨拶しときな」

「ちーっす」「どーも」「よろしくでーす」

「……！」

明らかに不穏な空気が漂い始める。

わたしは咄嗟に周りを見回したが、助けを求められそうな相手は誰もいなかった。ハチコーの駐輪場は人通りが本当に少ないのだ。しかも無駄に大きい二階建てのため、中からは外で何をしていても大抵死角になってしまう。

そう、本当に——何をしていても。

「っていうか、アンタの自転車ってどれ？」

「は、え、ええと……そこにある緑色の奴ですけど……」

わたしは震える指で、近寄って来る我藤のすぐ近くにあった自転車を指差した。

「あっそう。これね……」

ぴたりと我藤が足を止め、そして。

「ダッセェ自転車乗っててんじゃねぇよ——ッ！」

——とんでもない大惨事を引き起こした。

「あ、あああああっ!?」

声を荒らげた我藤が、いきなりわたしの自転車を蹴り飛ばしたのである。

我藤のダンス部仕込みのキックはあまりに強烈で、スタンドで固定されていなかったわたしの自転車はいとも容易《たやす》くブッ飛ばされた。

劈《つんざ》くような金属の音が鳴った。

隣に置いてあった他の人の自転車や年単位で放置された置き自転車を、まるでドミノのようにいくつも巻き込んでわたしの自転車は地面に横倒しになる。

からからから、と乾いた音を立てて、ホイールが回る。

鉄の塊が一瞬で蹂躙《じゅうりん》された衝撃。

わたしは腰が抜けそうなほどの恐怖を掻《か》き抱《いだ》きながら、我藤の顔を見上げた。

「ど、どうして……」

「逃げられたら困るからね。今日はじっくり話さないといけないし」

「は、話すことなんて、わたしは……」

「うっせーな！　こっちはあるって言ってんだよ！」

「ひぃっ！」

一喝。

我藤が冷めた目でわたしを見下ろす。

「つーかさ。最近お前、色気づいてんだろ」

「え……」

「毛玉みてーにグネグネしてた汚ねー髪整えて、生意気に牧田奏と同じ鞄《かばん》なんて使いやがって。いや、つーか……よく見たら、目の周りだけメイクしてる？　言っとくけどクズはどんなに頑張ってもクズなの。底辺からお前は抜け出せないの。気付けよ、それくらい」

——心が死んでいく。

月村さんや牧田《まきた》さん、千代田《ちよだ》さん、そしてココちゃんに吹き込んでもらった「楽しい気持ち」がわたしの身体《からだ》から煙のように消え去っていくのを感じた。

汚い。クズ。底辺。

蔑みの言葉が塵《ちり》のように積み重なっていく。

「で——そうやって、リョースケに色目を使ったってことか」

「えっ……」

「とぼけんじゃねぇよ。リョースケがアンタのことを名前で呼んだのをアタシが見逃すと思った？」

「そ、そんなっ……わたし、し、知りませ……」

「あ？　もっとちゃんとはっきり言えよ」

「っ……！」

「ああ。そーいうことか。声が聞こえないのは、そのマスクのせいってこと」

——その瞬間だった。

「あっ！」

「動くんじゃねぇよ！　どうせマスク付けねぇと外に出れねぇような顔してんだろ！　このブス！」

メイクが崩れるのも気にせず、我藤《がとう》が凄《すご》い形相でわたしを怒鳴りつけたのだ。

それからはあっという間だった。

我藤の手がわたしの顔に伸びて、わたしのウレタンマスクを掴《つか》んだのだ。

我藤のネイルが頬を掠《かす》めて、鋭い痛みを刻む。

けれど我藤はそんなことはお構いなしに——荒々しい手でわたしのマスクを外そうとして来たのである。我藤が血走った目で言った。

「ずっと暑苦しいマスクなんてしてんじゃねぇよ！　見せてみろよ！」

「っ……や、やめてください！」

「この泥棒女……美紀さんの言う通りにしなよ！」

「ああっ!?」

わたしは必死に抵抗したものの、我藤が連れて来た後輩達《たち》がすぐに動いた。彼女達はわたしの腕や身体を押さえつけ、抵抗出来ないようにしたのだ。

だから、その後は一瞬だった。

我藤の手がわたしの口元からマスクを引っ剝《ぱ》がしてしまったのだ。

風がスーッと動揺と狼狽《ろうばい》の汗で濡《ぬ》れた口元を撫《な》でた。

わたしは、剝《む》き出しになる。

「ほーら、これでアンタの酷《ひど》い面《つら》が、お披露目になって——ッ!?」

乾いた笑いを張り付けた我藤がわたしの顔をマジマジと見た。

瞬間——時間が止まった。

我藤とその後輩達が、わたしの顔を真《ま》っ直《す》ぐ見ていた。誰も何も言葉を発しない。数秒前の喧《やかま》しさが消え失《う》せてしまったかのように辺りが静まり返る。

——彼女達がわたしの顔を見てしまったからだ。

最初に口を開いたのは、我藤が連れて来た後輩の一人だった。確か昨日「イーハトーブ」にも来ていたような気がする。

「えっ……うそ、あ、あれ……?」

彼女はわたしの顔を何度も見返して、切羽詰まったような表情を見せた。

「ね、ねぇ……これ……」

「う、うん……」

「ええと……」

他の一年生女子達に同意を求めるも、彼女達の回答も同じく宙を彷徨《さまよ》っていた。

「あ、あの……美紀さん……?」

その内の一人が縋《すが》るように我藤に尋ねた。

「グッ……!」

黙り込んでいた我藤が、苦悶《くもん》の表情を浮かべた次の瞬間——クツクツと笑い出したのだ。

「…………ふ、ふふふ。あーあ、驚いた。そっかぁ。そういうことね」

「み、美紀さん……？」

「アンタ達、なに動揺してんの。そうだ。当ててあげようか？」

　そして我藤がにやりと笑った。

「——このマスク女に、ちゃんと口と鼻が付いてることに驚いたんでしょ？」

「え……」

「それ以外になにか驚くことなんてあったかな。アタシはないと思うけど……アンタ達もそうじゃない？　違う？」

「「！」」

　三人の後輩はハッとした様子で肩を跳ね上げた。その内の一人、一番背の低い女子が勢いよく首をブンブンと縦に振る。

「そ、そうですね！　そうでした！　私達、そこに驚いたんです！」

「でしょー？　でも当たり前じゃん。いくら桐谷《きりたに》だって口と鼻ぐらいあるか。実はアタシ、ワンチャン桐谷ってマスクの下に何もないと思ってたんだけどなー」

「そ、そんなわけないですよ！　それじゃあただのバケモノになっちゃいます！」

　次々と一年生達が我藤の言葉に同意し始める。

　わたしは、ああ、と思った。

　——今、彼女達の中で「そういうことにする」と決定したのだ、と。

真実なんて基準次第だ。

チカラを持っている人物がそういう決断をすれば、黒いカラスだって白くなる。

それが「学校」という空間だ。

わたしが、この世で最も恐れ、戦《おのの》く場所――

そして、それでも逃げられない場所。

「わかんないよー？　理由もないのに普通マスクを毎日付けて学校に来ないからね。変なものが付いてるか、もしくはあって当然のものが付いてないか……あとは、まぁ……単純に容姿の問題だよね。だって、見なよ。どうみても桐谷の顔って――」

我藤がわたしをゴミを見るような目で見た。

――来る。

きっと、あの言葉が。

わたしは唇を噛《か》み締めた。この世で最も恐ろしい場所で、この世で最も聞きたくないその言葉を――

「奇遇だな、我藤。俺もまだ桐谷にそのことを伝えてなかったんだ」

「ッ――!?」

そして、わたしが、歯を食いしばった瞬間だった。

とても聞き慣れた声が、その場に響き渡った。

けれど、わたしは信じられなかった。

だって、これは……ここにやって来るはずのない人の声だ。

わたしが酷いことを言って、傷付けてしまった人、その差し出してくれた手を偽りだと断定し、振り払ってしまった人……。

月村響《月村さん》の声だったからだ。

「やはり桐谷の顔を見たら、その容姿に注目せざるを得ないよな。そうだ、一緒に言ってみるのはどうだ。きっと同じ意見だろうからな」

「つ、月村《つきむら》……なんでオマエが……！」

「なんで？」

月村さんが首を傾《かし》げた。

「なんで、と言われてもな。桐谷は貴重な自転車通学組なのだから、ちょっと人目に付かないところで話したい奴《やつ》がいれば、自然とここを選ぶことぐらい簡単に予想出来ると思うが。それに、お前が桐谷と話したがっているのは見ていればすぐ分かったからな」

「ぐっ……!?」

「それよりも、だ。我藤。桐谷に言いたいことがあっただろう？　声を揃《そろ》えて言ってみるというのはどうだ」

「い、いや、それは――」

「何故《なぜ》ためらう。いいか、いくぞ」

瞬間、月村さんがおもむろに我藤への視線を切った。

その瞳は今日もまさに古城の月のように神秘的で涼しげな光を携えていて、見つめているだけで頬が熱くなるのを感じる。

けれど、いつもはマスクで隠れてしまう頬の赤が今日は隠せない。

普段わたしを外の空気と隔てている化学繊維の壁は消え失せていて、そこには剝き出しのわたしがいる。

――月村さんを真っ直ぐ見つめ、そして見つめ返されるだけの桐谷羽鳥《はどり》がいる。

月村さんが言った。

「桐谷はとても可愛《かわい》い顔をしている。傷も一切ない。マスクで隠すなんてあまりに勿体《もったい》ない。というか、もはや意味がわからない。これが俺の素直な感想だ」

わたしはそれを聞いて、涙が出そうなくらいの嬉《うれ》しさを感じた。

一方的にわたしは月村さんを叩《たた》いて、罵って、申し訳ないことをしたのに。

月村さんはわたしを見捨てていなかった。

気にしてくれていた。

見ていてくれたのだ。

だから——ここに来てくれたんだ。

「どうだろう。贔屓《ひいき》はしていないつもりだ。俺が思うに大体の人間は似たような感想になるんじゃないか。それとも我藤——お前は違うのか？」

「うっ……!?」

我藤が露骨に狼狽を露《あら》わにした。

月村さんに射《い》竦《すく》められ、一歩、二歩と後退《あとずさ》りをする。月村さんは全くその場から動いていないのに。わたしの自転車を蹴り飛ばした我藤の靴が駐輪場のコンクリート床を小さく鳴らした。

「今、俺はあまり好ましくない想像をしている。つまり、お前が事実をねじ曲げ、自分の考えた設定を桐谷に押しつけようとしていたかもしれない……ということさ。桐谷はこんなに可愛い子なのに、いったい何を言うつもりだったんだろうな。しかも複数の人間で囲んで、抵抗出来なくして、か……本当に最悪だな」

月村さんが我藤の顔を見た。

それから順に他の一年生達へと視線を移していく。中には月村さんに見られただけで肩をびくんと震わせて、へなへなとその場にへたり込んでしまう子すらいた。

そして——

「もしこれが事実だとしたら、俺は、そんな奴を許せない」

「うっ……」

「どうだ、我藤。それから先輩に言われて来たんだろうが、一年生の君達にも同じことを訊《き》きたい。君達にも責任がないわけではない。自分達のしていることに胸を張れるか。それが正しいと思うか——どうなんだ？」

月村さんの問い掛けに一年の子達は全員何も答えられなかった。ぶるぶると震え、肩を落とし、目線を合わせることすら出来ない。

月村さんの口調は、とても穏やかだ。

けれど、そこには圧倒的な揺るぎなさと、彼の心の中にある強さが垣間見《かいまみ》えていた。

まさに月村さんの口にすることが——全ての真実で、正義なのだと、わたし達はそう思わずにはいられなくなっていた。

きっと月村さんと対峙《たいじ》したときの圧力は、生半可なモノではないのだ。

正面に立っていた我藤が焦りに焦っていることが一目で分かった。額は汗が滲《にじ》み、カタカタと小刻みに奥歯が鳴る。息は荒く、目は虚《うつ》ろだ。

嗜虐《しぎやく》的な笑みは消え失せ、今にも潰れてしまいそうな表情を覗《のぞ》かせている。

いや——

「っ……ふざけんなよ！　クソッ！　クソッ！」

ついに我藤が場の空気に耐えられなくなった。

瞬間、我藤は持っていたわたしのマスクを地面に叩きつけると、その怒りの矛先を向けるかの如《ごと》く何度も何度も踏みつけたのだ。

「はぁ、はぁっ、はぁっ……ふ、ふざけやがって……クソッ……月村……桐谷……なんでアタシが、こんなみっともないところ、み、見られて……あああっ！」

十数秒後。

ボロ雑巾のようになったわたしのマスクを忌々しげに睨《にら》みつけ、吐き捨てるように言って、我藤《がとう》がわたし達《たち》に背中を向けて走り出した。

「ちょっ……美紀《みき》さん!?」

ダンス部の後輩達が声を掛けるも、我藤は何も答えず、振り返りすらしなかった。すぐさま彼女達も大慌てで、駐輪場から逃げ出した。

だから、その場にはわたしと月村さんだけが残される。

マスクを付けていない生身のわたしと、そんなわたしを「可愛い」と言ってくれた月村さん、二人だけが。

そして、目と目が合う。

月村さんが言った。

「桐谷。ちょっと話す時間はあるか」

わたしは答えた。

「はい」

小さな声で。

月村さんは、わたしを助けてくれた。けれど、それはわたしの心の中に巣くった全ての疑念の芽を焼き払ってくれたわけじゃない。

だからこそ、訊かなくてはならないことも増えていた。

だって月村さんは本当に凄《すご》くて、優しくて、ステキな人で——ならば、どうしてわたしに黙ってあんなことをしたのだろう、と思ってしまったからだ。

「場所はどうする」

「ここでいいです」

「そうか」

「はい。それから——話したいことがあるのは、わたしの方もなので」

▲

△

▽

▼

今、俺の前には桐谷羽鳥が立っている。

俺が駐輪場に足を踏み入れたとき、彼女は我藤達に襲われ、マスクを剝ぎ取られ、怯《おび》えきっていた。

けれど、今の彼女の姿は、先程とは明らかに違う。

時刻は五時。

夕焼けに差され、瞳に橙《だいだい》色の光が滲んで浮かぶ。

「まず、お礼を言わせてください。助けてくれて、本当にありがとうございました」

桐谷《きりたに》がゆっくりと頷《うなず》いた。

不思議なものだ。ほんの数刻前までは彼女がマスクを付けているのが当たり前だったのに。

なのに今となっては、あっという前にその姿が馴染《なじ》んでしまった。不確かだった桐谷羽鳥という人間のフォルムがスッと一瞬で構築された。

これこそが本当の彼女なのだ。

何も隠さず、何にも隔たれることなく——彼女は俺と対峙している。

桐谷が言った。

「だからでしょうか……逆にわたし、何だかよく分からなくなりました」

「というと？」

「わたしは……『イーハトーブ』で月村さんに手を差し伸べてもらって、本当に嬉しかったんです。月村さんが心の底からわたしを心配してくれてるんだって思って、胸の奥がじーんとなったんです。でも……違いました。月村さんの行動には裏があった……だけど、今、月村さんはわたしを助けてくれました。あれはとても……ステキでした」

「そうか」

「はい。だから改めて、困惑しているんです。月村さんがひどい人なのか、ステキな人なのかどうかに」

桐谷の声は少し前と比べて明らかに聞き取りやすくなっていた。

今、桐谷は自分がマスクを付けていないことを明確に意識しているようだった。

声が通り過ぎてしまうから、声量は少し小さくする。

俺が表情を感じ取りにくくなるから、逆に自分は俺の顔をしっかり見ることを心掛ける。

それでも俺に「自分が怒っていること」を強く意識してもらうために、言葉の抑揚にも気を付け、どもったり、躓《つまず》いたりしないように丁寧に一言一言を話す。

これら全てを総合して何と言うか。

——話術だ。

桐谷は俺から学んだ自らの意思を伝える術を駆使して、俺と対峙している。

「それなら答えは簡単だ」

俺は応えた。

「『ひどい人』で合っている」

「えっ」

「俺は君に隠し事をしていた。察しの通りで、俺には別の思惑があったんだ。実際、亮介《りょうすけ》と君をくっつけようと思ったことはないし、正直なところ絶対にウマが合わないだろうなとも思っていたが、そこは亮介の自由恋愛ということで、意思を尊重しようと思った。

だが、事実は事実だ。本当に純粋に一〇〇％の厚意だけで、君に手を差し伸べたわけじゃない。ならば頰を叩かれても不思議ではないと思う。俺は君を裏切って——」

「ちょ、ちょっと……ま、待ってください！」

何故か桐谷が俺にストップを掛けた。

「どうして止めるんだ」

「だって……」

「だって、では分からない」

「え、ええと……も、もう少し待ってください。自分が何を言うべきなのかがわからなくなってきまして……」

そう言って、桐谷は虚空を眺め、指を折りながらブツブツと独り言を言い始める。

何とも桐谷らしい自由さだ。

十数秒が経過した頃、考えがまとまったようで、再度こちらに向き合うと、

「そうです……あの、それはどうでもいいんですよ、月村《つきむら》さん！」

「……なにがだ？」

「わたしは多分、たとえ月村さんが何を言っても藤代《ふじしろ》さんとはくっつかなかったので、月村さんご自身がそれを気になさる必要は全くないということです」

「…………なるほど」

正直、あまりに亮介が不憫《ふびん》で俺は絶句してしまった。

これは脈なしなどというレベルではない。

種を植えることすら不可能なほどの完全拒絶だ。

「だから、わたしが思うに月村さんは『ひどい人』なんかじゃなくて、むしろ『ステキな

人寄り』なんだと思いますっ」

「……なぁ、桐谷」

「なんですか」

「俺は君に糾弾されたことはもっともで、こちらが全面的に悪いと思っていて、それを謝るつもりでいたんだが……」

「ああ、それは……」

桐谷がスッと頭を下げた。

「すいません！　もうそれは謝る必要はないです！　多分、悪いのはわたしでした！　いや、おそらく……勘違いだったはずです！」

「……なんだと？」

「えっと……たしかに、月村さんは優しい人なので友達の恋愛を叶《かな》えるために動かないはずがないとは今も思います。でも、もういいんです。それよりも、月村さんは、わたしが我藤に襲われているところに駆け付けてくれました。それだけで、その……なにもかもが、つ、伝わったといいますか」

言いながら、トンと桐谷が自身の胸を叩《たた》いた。

「今は多分、わたしが勝手に、月村さんがわたしを裏切ったって勘違いしただけなんじゃないかって気分になっています。純度一〇〇％でなくても、構いません！　月村さんが『変わってみないか』って言ってくださったのが、本当に完全な口実ってわけじゃないことは伝わったので……もうＯＫです！　むしろ謝るのはわたしの方で――」

「…………なぁ、桐谷」

なぜか満足げに言い切った桐谷に対して、さすがに黙ってはいられなくなる。これは謝りに来た身分としては、どうかと思う言動になるが――致し方あるまい。

「それはさすがに――ちょっとチョロ過ぎると思うぞ。何とかした方がいい」

「ええええ!?」

いきなり注意されて桐谷が驚愕《きょうがく》の悲鳴を上げる。

だが俺は続けて、

「勝手に納得するな。俺の言いたいことは間違いなく半端にしか伝わっていない。あんなに本気で怒って、悲しんでいたじゃないか。なんだ、そのケロッとした態度は……！　そんな調子では、この先、悪い男に引っ掛かりかねない！」

「で、でも……」

「でもじゃない。言い訳するな」

「は、はぁ……いや、でも悪い男って言われましても……」

そのことだけは引っ掛かったようで、言いながら不満げに桐谷が首を傾けた。

「……まぁ、そうか。既に今、目の前にいる俺が悪い男ということだな？」

「い、いや、それは違うんじゃないかと……」

「『ひどい人』も『悪い男』も否定するのか」

「だって月村さんは超人で、優しくて、ステキな人で、イイ男ですし……」

「……」

俺は確信した。

彼女は俺のことを過剰評価し過ぎている。

だから、裏切られたと思ったときあんなにも酷《ひど》く絶望したというのに、それが勘違いだと気付くとコロッと掌《てのひら》を返して、今度はこちらを絶賛し始める。

元はと言えば、隠し事をしていた俺が悪いのは間違いないのに。

桐谷は俺を責めるべきなのだ。

彼女は純度一〇〇%でなくてもいいと言う。

だが、俺はそうは思わない。少しでも心に邪念を秘めていたのなら「ひどい人」で「悪い男」だと断罪するべきなのだ。

なぜ、伝わらないのだろう。

ここで桐谷にちゃんと謝らなくては筋が通らない。桐谷を「誰よりも高い場所」まで連れて行って、彼女の「誰にも馬鹿にされたくない」という願いを叶えてやることが出来なくなってしまう。

「(……ならば知ってもらうしかあるまい)」

月村響《ひびき》という男の本性を。

俺が過去に犯した罪を。

そうすれば、きっと分かるはずだ。

俺を信じ過ぎるのは危険なんだ。俺は超人じゃない。ただの人間だ。

——俺に、全てを委ねてはならない。

「桐谷。俺は桐谷が思うほど優しくて良い人間なんかじゃない。エゴの塊なんだよ」

桐谷羽鳥

月村さんが何を言っているのか、わたしにはよくわからなかった。

「エゴ……？」

訊《き》き返す。

そして月村さんの顔を見上げた。

月村さんはやっぱりカッコ良かった。制服を着ていても、私服でも、いつだって、どんなときも。

「ああ。俺は身勝手だし、打算的な人間だからな。優しいのとは違う」

「そ、そんな風にはとても……」

「だが、実際にそうなんだよ。確かに、俺だって桐谷が言うように、本当に優しい人間だった時代もあったさ。でもそれはやめた。とっくに卒業したんだ」

そう言って、月村さんが目を伏せた。

「そのせいで……俺は一人の女の子の人生を狂わせてしまったから」

「ッ——!?」

わたしは衝撃を受ける。それは見たことのない月村さんの表情だったからだ。普段の超人めいた、全てに答えと余裕を持ち合わせた顔じゃない。苦悩し、苦悶《くもん》する——普通の人間と変わらない顔付きだったからだ。

「あの、女の子って……」

わたしは尋ねた。月村さんは訥々《とつとつ》と話し始める。

「中学時代の同級生だ。中一のとき、同じクラスだった子さ。彼女はいじめに遭っていた。それも桐谷が我藤《がとう》にされていたことすら生温《なまぬる》く思えるくらいハードな奴《やつ》だ」

「……!」

「そのいじめはすごく巧妙で、その事実に気付くのに時間が掛かってしまった。けど、知ったからには黙ってなんていられなかったよ。俺はすぐにその子を救おうとした。中一の子供なりに、必死に考えたよ。その子がいじめられないようにするためには、どうすればいいのかってな——」

「……月村さんは、どうしたんですか」

「ああ。『彼女』になってもらった」

「ええ!?」

「もちろん偽装カップルさ。今思うと時代を先取りしてたのかもしれないな。あの頃も俺はクラスのカーストの頂点にいてな。その子を俺の彼女だって言い張れば、他の奴らも手出しは出来なくなると思ったんだ。実際、その目論見《もくろみ》は大当たりだった。あっという間に、いじめはなくなったんだ」

「す、すごい中学一年生ですね……そんな漫画みたいなことを本当にやるなんて……」

「だろう。今思うと、若かったと思うよ。乱発出来ない技をいきなり使ってるんだからな」

月村さんが乾いた笑いを覗《のぞ》かせた。

「だって、いじめられている子を全員彼女にするわけにはいかないからな。大体それが男子だったらどうする。友達……いや、親友にでもなってもらうか?」

「……う、うーん」

「ふ……何とも言えない顔をしてるな。正直、苦しいと思うよ。彼女扱いだってどう考えても無茶苦茶だ。いじめる側も成熟していない中一だからこそ罷《まか》り通った荒技だな。ただ、この話には続きがある。元々、その子は……八木緋奈多《やぎひなた》は、物凄《ものすご》くポテンシャルのある子だったんだ」

笑っていた月村さんの顔が強張《こわば》った。

八木緋奈多。

聞いたことのない名前だ。

「俺達《たち》が付き合っているって話は続いたままだったから、緋奈多は俺の隣で、どんどん綺《き》麗《れい》に、そして聡明《そうめい》になっていった。三ヶ月も経《た》った頃には、少し前までアイツがいじめられていたなんて、クラスの奴らは完全に忘れてしまってたんじゃないかな。

それくらい緋奈多は変わった。飛び抜けた存在になったんだ。そして中二になって、俺達は別れた。元々偽装カップルだったからな。もう緋奈多に俺は必要ないのは分かり切っていた。あいつもそれを了承してくれた。そして、俺達は中二のときは別のクラスになって――」

そして月村さんが真《ま》っ直《す》ぐわたしの目を見て、言い放った。

「二年になってスクールカーストの最上位に立った緋奈多は――今度は、自分が他人をいじめる側の人間になったんだ」

「え……」

「被害に遭ったのは一年のときに自分をいじめていた女子と、それからあまりに緋奈多のいじめが酷くて、見るに見かねて意見を言ってきた子だ。緋奈多は二人の女の子を病院送りにして、それがネットに流れた。二人とも一命は取り留めたのが不幸中の幸いだったけど、万が一の事態が起きても不思議じゃなかった。緋奈多はいじめの首謀者で、最低最悪のクソ女だって散々叩かれて……学校を辞めて、家族ごと引っ越した。連絡先も知らないから最後に話したのはアイツが学校を辞める直前だ。今でも忘れられないよ。『私は月村くんみたいにはなれなかったよ』って言葉は……な」

「……！」

そして月村《つきむら》さんは口を噤《つぐ》んでしまった。わたしも何も言うことが出来なかった。

——いじめられっ子が、いじめっ子に。

わたしにも分かる。その子は、本当の意味で変わってはいなかった。ずっと心の奥底で深い闇を抱えたままだったんだ。

そして刃を研ぎ澄ませていた。

かつて自分を傷付けた相手を破滅させるための——復讐《ふくしゅう》の剣を。

「……その後は、俺もしばらく落ち込んだささ。そのとき、とある人に励ましてもらって、なんとか立ち直ることは出来たんだが……さすがに色々考えたよ。何が、誰が悪かったんだろうか。俺のしたことは間違っていたのか。なにが正しかったのか。なにか俺に出来ることはなかったのか。そして、それでも——」

月村さんがわたしの目を見た。

わたしは、ああ、と思う。

——やっぱりわたしが感じたことは、間違っていなかった、と。

月村さんが言った。

「この学校っていう小さな世界の中で、いつだって『誰よりも高い場所』にいる俺にしか出来ないことがあるはずなんだ。最初、緋奈多をおかしくしたのは復讐心だったのかもしれない。でも、アイツに人を傷つける刃を与えたのは……アイツを『魔物』にしてしまったのは、学校にずっとあるもの、俺達の周りにあるシステム——スクールカーストって奴だったんじゃないか、って。

わかってる。これは責任転嫁さ。形のないモノに責任があるって考えれば、俺も緋奈多も、誰も悪者にならなくて済む。憎しみを抱え込まずに済むんだからな……」

夏至が近いとはいえ、外は橙が消え失せて、夜が近付いて来ていた。

頭上には等間隔に並べられた蛍光灯がチカチカと明滅している。

空には、月が昇っていた。

わたしは取り留めのないことを考える。

――今、月村さんの青白い頬を照らしている光のうち、何パーセントくらいが月の光なんだろうか、と。

「……長話に付き合わせてしまったな」

ぽつりと月村さんが言った。わたしは首を横に振る。

「いいえ。気にしないでください」

「そう言ってもらえると気が楽になるよ。盛大に自分語りをしてしまったからな」

「そんなことは……」

「いや、これでわかっただろう。話を戻すぞ」

月村さんが我藤に蹴り飛ばされて倒れた自転車を一つずつ起こしながら言った。

風が吹く。

今年は冷夏だと聞いていたが、マスクを付けていないだけで寒くて堪《たま》らないと感じるのが不思議だった。あの薄っぺらい布キレに防寒効果なんて期待したことはなかったのに。

月村さんが言った。

「――つまり、俺は過去の苦い経験から超人《ヒーロー》になるのはやめたということだ。だから、まるで優しくなんてない。誰にでも手を貸すわけじゃない。申し訳ないが……桐谷《きりたに》のことだって不安でならない」

「えっ……わ、わたしもですか？」

「ああ。桐谷は緋奈多と境遇が似ているからな。ポテンシャルがある。しかも、やろうとしていることが危険と隣り合わせなんだ。

桐谷は変わることが出来る。我藤なんか目じゃない。奏《かなで》や静玖《しずく》、ココと同じところまで行くことが出来ると俺は思っている。つまり――この目的が達成された場合、桐谷は我藤の『上』に行くことになってしまうんだ」

「あっ……!?」

「いじめっ子からの成り上がり。カーストの逆転。そして復讐……俺にとって何より苦い思い出のあるシチュエーションというわけさ――」

「っ……み、見くびらないでください！」

月村さんが冗談を言っているのはわかっていた。

だけど、耐えられなかった。

月村さんに心配されるわたしが情けなかった。

わたしがもっと強ければ、その強さを信頼される人間であったら、月村さんは辛《つら》い過去を思い出さずに済んだ。

わたしと、その緋奈多って人を重ね合わせなくても良かったんだ。

——声を張り上げなくては、と思った。

「わたしは、そんなことはしません！　そりゃあ我藤は最悪で、わたしの中にはあいつに対しては憎しみの感情しかないです。わたしは変わってみせますけど……一番根本の部分は変わりません！　わたしは今のわたしのまま、カーストを上げてみせます。月村さんと釣り合う存在になってみせます！　だって——」

一瞬でも月村さんを疑ったわたしが馬鹿だったのだ。

月村さんは本当に優しくて、凄くて、大きくて……そんなこと、わたしは痛いほど知っていたはずなのに。

「あの日、月村さんがわたしに差し伸べてくれた手は……わたしにとっての光そのものだったんですから……」

——わたしは小さな嘘《うそ》をついた。

だって、月村さんの考えている「あの日」と、わたしの口にした「あの日」は、違う瞬間を指しているから。それは「イーハトーブ」での出来事じゃない。

もっと昔だ。

月村さんはもっと前から、わたしの光だった。


まだわたし達の制服が冬服で、今よりもずっとずっと気温が低くて、まだ授業中にわたしが指名されたとき我藤が野次を飛ばしていた頃の話だ。

ある日から、いきなりピタリと我藤の野次が止《や》んだ。

わたしは我藤が何も言わなかったからビックリしてしまって、思わず着席してから彼女の方を見てしまった。その態度が気に障ったんだろう。

次の休み時間、わたしは即女子トイレに連行され、この世で一番嬉《うれ》しくない壁ドンの態勢で我藤に恫喝《どうかつ》された。

でも我藤の様子は少し違った。我藤は悔しそうだった。わたしに一切手も出さなかった。

アイツは、本当に疎ましそうに言ったんだ。

——勘違いすんなよ。月村がウゼェから、手を引いてやるだけなんだからな。

我藤はわたしを置いて出て行った。

子鹿みたいによろよろした足取りで教室に戻ったわたしは、牧田《まきた》さんや千代田《ちよだ》さんと話している月村さんの姿を見ただけで、少し泣いてしまった。

月村さんはわたしの一番の推しは「ヴァーミリオンヘッズ」の竜瞳《リンドウ》だと思ってるんだろうけど、それも違う。

わたしの一番の推しは——ずっと月村さんだ。

　だから、千代田さんと熱く語り合っていたドラマだって見た。実写ドラマなんて今まで通して一本も見たことがなくて、最初はオジサンがいっぱい出て来て顔芸してて、なんなのコレって感じだったけど、一話の最後ではもうモニターに目が釘付《くぎづ》けになっていた。

　最高に楽しかった。

　そしてそれ以上に月村さんが大好きな作品を、自分も大好きだと感じることが出来たことが――何よりも嬉しく感じたんだ。

　そりゃあ分かってる。

　月村さんの隣には牧田さんがいて、緋奈多さんっていう元カノ的存在もいた。

　わたしなんてお呼びじゃない。浮気は良くない。わたしだってそんな倫理から外れた衝動に身を任せる月村さんは見たくないから。

　想《おも》いを伝えるつもりはない。わたしはただ――黙って推し続けるだけ。

　そして目標は別のところに置こうと考えていた。

「わたしが証明します。月村さんが手を差し伸べたことで、本当に救われた人間がいるってことを。月村さんのしたことは、何も間違ってなんていなかったってことを！」

　わたしの到達点はここだ。

　恋人になんてなれなくていい。好きになって欲しいなんて思わない。

　わたしはただ、月村さんに、月村さんらしくあって欲しい。そして、その「誰よりも高い場所」に君臨して当然の姿を、わたしに見せて欲しい。

それだけで――わたしは幸せなんですから。

「……そうか」

大きく息を吐き出し、月村さんが磨《す》り潰したような声で言った。

今、月村さんは何を考えているんだろう。

わたしにはわからない。

でもきっと、ついさっき過去の出来事を思い出していたときよりは――マシな気持ちでいてくれるはずだ。そう思いたい。

「月村さん……わたしのことを、信じていませんね」

「そんなことはないが」

「いいえ。明らかに元気がありません」

「勘違いだ」

「違います。わたしには分かるんです。だって、わたしはずっと月村さんのことを後ろから眺め続けて来たんですから」

「……」

「なので、非常に分かりやすい形でわたしの決意をお見せします」

月村さんは自分の一番弱いところをわたしに見せてくれた。

だったら、それに応えなくては。

今度はわたしの番だ。

わたしが、月村さんのために――

「明日から、わたしはマスクを取って学校に行きます。そして、スクールカーストの頂点にササッと上り詰めて、それでずっといい子にしています。それなら月村さんは正しくて、間違っていなかったってことが証明されますよね。どうでしょうか？」

終章　響き合い、奏で合う

その日——二年二組の教室に激震が走ることとなった。

ガラリ、と当たり前の音を立てて、教室の後ろの引き戸が開いた。

「……」

そこから一人の女生徒が入って来る。

長くはあるものの、しっかりと手入れをされた艶やかな黒髪ロング。背は低いが、しゃんと胸を張り、まっすぐと前だけを見据えている。

鞄《かばん》は『VICTORIAS《ヴィクトリアス》』の最新モデル。市立八王子高校で最もイケている女生徒が使用しているモノと同様のモデルだ。

少女の名前は……「桐谷羽鳥《はどり》」という。

このクラスではカースト最下位の「底辺」に位置するオタク少女——だった。

本来ならば、彼女が登校して来たことなんて、このクラスの人間達《たち》は露ほども気にしない。

ただし扉の開く音には多くの人間が反応した。

だが、やって来たのが登校を待ち望んでいた自分達の友人ではなくて桐谷羽鳥だと気付いた彼らは一様に桐谷から視線を外し、またお喋《しゃべ》りに戻った——

わけではなく、衝撃的な事実に気付き、桐谷羽鳥の顔を二度見した。

——桐谷羽鳥がマスクを付けていなかったからだ。

桐谷羽鳥といえば花粉症でも病気でもないのに、必ずマスクを着用して登校してくる変わり者だ。そのマスクガールっぷりは徹底していて、体育のときも、果ては昼食のときすらマスクを外さずに生活している。

だが、どうしたことか。

なんと、その日——いつも桐谷の口元を覆っていたはずの黒いウレタンマスクは存在しなかったのだ！

マスクの下に彼らが妄想で刻んでいた切り傷や火傷《やけど》痕などは一切なく、つるりとした綺《き》麗《れい》な肌がそこにはあるだけだった。

こうして、各々の桐谷羽鳥の脳内イメージが更新される。

これまでのマスクを付けていた彼女のイメージに、そのすっきりとした可憐《かれん》な口元が上書きされる。

——純粋に「可愛《かわい》い」としか言いようのない、その素顔に！

しかも同時に桐谷羽鳥の雰囲気が、いつもと全く異なっていることに気付いていた。

怯《おび》えてもいない。震えてもいない。

「ちょっ……は、羽鳥!?　あんた、マスク……!?」

もちろん羽鳥の変化に気付いたのは、彼女のことを普段から何とも思っていない人間だけではなかった。

すぐ動いたのは桐谷《きりたに》羽鳥と普段から一緒にいるオタク友達の一人・芝山秋乃《しばやまあきの》だった。

彼女は他のクラスメイトが自分達の行動に注目していることを少し面倒だと思ったようだったが……それでも友人の変化に反応せざるを得なかった。

「はい。取ってみました」

「……！」

芝山秋乃はびっくりする。桐谷羽鳥とは一年からの付き合いだが、実は彼女も桐谷の素顔を見たことがなかったからだ。

そんな桐谷羽鳥が、マスクなしで自分の前にいる！

しかも――明らかに普段よりも気合の入った顔付きで！

「な、なんでマスク外してんの!?　付けてくるのを忘れたってこと!?　もしそうなら、購買かコンビニで買えると思うけど……！」

「え。いや、そういうわけじゃないんですけど……」

「つまり、本当に自分の意思で外したってこと？」

「はい」

羽鳥が頷《うなず》いた。

「ちょっと約束した人がいて。だから、今日からはマスクを付けないで学校に来ます」

「約束……？　えっと、それって、うちのクラスの人？」

「そうですよ」

そして羽鳥がくるりと視線を巡らせ、教室の中央に佇《たたず》んでいた、一人の男子生徒に向けて言い放った。

「――月村《つきむら》さん、おはようございます。今、ちょっとお時間いいですか？」

「「!?」」

既に教室中の視線を独占していた桐谷羽鳥が、ここで更にとんでもない人物の名前を呼んだことで、瞬間――盛大などよめきが起こった。

月村響《ひびき》。

それは二年二組におけるスクールカーストの最上段。「誰よりも高い場所」に座ることを許された、唯一の男子生徒の名前だったからだ。

「おはよう。桐谷」

だがそれに返事をした月村響だけは一切表情を変えなかった。マスクを外した桐谷羽鳥の顔を見ても、その涼しげな眼差《まなざ》しに曇りはなかった。

彼はいつものように、穏やかで、静謐《せいひつ》な声色でもって桐谷羽鳥に応えた。

「ロングホームルームが始まる前まででいいなら話そうか」

▲
△
▽
▼

桐谷は——完璧に昨日、自ら宣言したことをやってのけた。

「ど、どうでしたか？」

「……見事としか言いようがない」

「や、やった！　が、頑張った甲斐《かい》があったってことですね！」

先程までの徹底した揺るぎなさは何処《どこ》へ行ったのか。

人目に付かない場所に移動するや否や、桐谷はいつものドギマギしたキャラクターに戻ってしまった。どうやらアレは気合に気合を入れたよそ行きモードだったらしい。

「これで、わたしが本気だってことは、わかってもらえましたよね？」

「……うむ」

俺の心境は複雑だった。

——桐谷の恋心に、気付いてしまったからだ。

自分を見上げる女の子が抱いていた恋心一つ看破できずに、何が超人だ。

ハッキリとした言葉をぶつけられたわけではない。

だが、さすがに分かる。何とも思っていない相手に対して、普通の女の子がここまで強い決意を示すことが出来るだろうか。

そんなわけがない。

「あの、月村さん。今から凄《すご》いこと言っていいですか」

「なんだ」

「——月村さんは、どうしてわたしがマスクをずっと付けていたかわかりますか？」

「……それは難問だな」

色々な可能性を考えてはみたのだ。だが、桐谷の口元には一切傷がなく、造形も非常に整っている。マスクを付けて隠してしまうには勿体《もったい》ない容姿だ。

「さすがの月村さんもわかりませんよね。正解は——」

桐谷が小さく笑った。

「桐谷羽鳥は——昔から、自分の顔を『可愛い』って思っていた、クソナルシスト女だからです」

「……なに？」

「逆に言うと……ブスって言われるのがわたしはあらゆる罵声の中で一番辛《つら》いんです。わたしは多分、わたしの顔は『可愛い』でいいとは思っているんですけど、そう思わない人もいるわけじゃないですか。わたしの顔をちゃんと見た上で、ブスって言われると——」

桐谷が大きく息を吐き出した。

「わたしの中で、わたしを支えている柱が、ぽっきり折れてしまうんです。本当に死にたい気持ちになるんです。中学の頃、ちょっといじめられてた時期があって、そのときにイヤってほど思い知りました。だから、それからは……ずっとマスクを付けて、顔の一部を隠して生活していました」

「……顔の全てを見られた上でなければ、耐えられるからか？」

「はい。それに全部顔出してないんで、そもそもマスクをしてるとブスって罵られる機会がすごく減るんです。これって個人的には容姿に悩んでいる全ての思春期女子に届けたい画期的な発明だと思ってます」

つまり期せずして俺は駐輪場で、桐谷にとって一番言われたくない単語が飛び出す瞬間を押さえることが出来たというわけだ。

「『桐谷は可愛いから大丈夫』という話ではないんだろうな」

「はい。人間の顔なんて、結局感覚ですから。発言力のある子がブスだって言ったら誰だってブスになるんです。あのとき、我藤《がとう》が言おうとしていたみたいに」

「……そうだな」

「はい。結局、わたし程度じゃ全然……例外はココちゃんぐらいだと思います」

「桐谷も奏《かなで》や静玖《しずく》みたいにココを話のオチに使い始めたな」

「えへへ。だってココちゃんの可愛さだけは絶対ですから。そこが本当にすごいところなんです」

言いながら、桐谷がグッと両手を組んで、伸びをした。

「――わたしが中に抱えていたこと、おまけも含めて全部言っちゃいました。隠し事はなしです。わたしは全力で月村さんを信じているので、月村さんも……まぁ、その……ええと、す、少しぐらいは、わたしのことを信用してくださると嬉《うれ》しいですっ！」

満面の笑みの花が咲いた。

ずっとマスクを付けていたのに、桐谷がこんなに綺麗に笑えることに俺は不思議な気持ちを抱かざるを得なくなる。

しかし、こうなってくると話は色々な方向に拗《こじ》れ出す。

そもそも俺は桐谷羽鳥に好意を持っている藤代亮介《ふじしろりょうすけ》を、恋のスクールカーストから解放するために、彼女と関わりを持ったはずなのだ。

なのに——肝心の桐谷は俺に好意を寄せている。

この歪《ゆが》みをどう正せばいいのだ。

いや、歪みと言い出したら、もっと……**果てしなく根本的な歪み**がある。

桐谷は今、俺に屈託ない笑顔を向けて、全幅の信頼を寄せてくれている。

俺が、いや俺達が抱えている、その最大の秘密は——最悪、この笑顔を消し飛ばすほどの爆弾になりうるのだ。

と、そのときだった。

「あれ。響と…………うっ!?」

まさに完全なタイミングと言えるだろう。

——当の本人がフラッと俺達の前に姿を見せたのだから。

「き、桐谷さん……」

「あああ……」

ハイトーンに染めた薄い茶色の髪、背は高く、スレンダーで、いつだって傍《そば》から離れない俺の彼女――牧田《まきた》奏。

奏と桐谷は顔を合わせた瞬間、揃《そろ》ってギョッとした感じで身構えた。

というのも俺と桐谷は対話の末、仲直りをすることが出来たが、実は奏と桐谷の問題処理は手付かずだったのだ。

奏は桐谷に怒鳴られてビビったままだし、言った桐谷の方も勘違いで暴言を吐いてしまったことに気付き、自責の念に囚《とら》われている。

加えて、桐谷にはもう一つ、痛い腹があるに違いない。

――牧田奏は月村響の彼女であり、桐谷羽鳥《はどり》は既に恋人のいる男に好意を寄せてしまっている、と。

この想《おも》いの成就は――「略奪劇」と「浮気」でしか片が付かないのだと！

「…………これ以上、黙っているわけにはいかないか」

噛《か》み締めるように俺は呟《つぶや》いた。

桐谷は俺に全てを晒《さら》してくれた。

真意を隠し、亮介のために桐谷に接触したという事実を知って尚《なお》、俺のことを信じ、更には俺に自分を信じろとまで言ってくれた。

彼女を導く存在を買って出た俺が――これ以上、秘密を抱えたまま、桐谷と接するわけにはいかない。

「桐谷、奏。二人には良い感じに仲直りをしてもらいたいんだが、それとは別に言っておかなければならないことが出来た」

「……響。それってあまりにも薄情じゃない。彼女がこんなに困ってるのに」

「奏。その設定は桐谷の前ではなしにしよう」

「…………本気で言ってる？」

「ああ。桐谷には俺達《たち》の秘密を打ち明けてもいいと思う」

「……わかった。響がそう判断したのなら従うよ」

「すまない」

奏が小さく頷いた。

一方、ここまで匂わせ全開な単語が飛び交っているのを耳にして、桐谷が何も気付かずにいるわけがなかった。

桐谷は唇を戦慄《わなな》かせながら、俺達に訊《き》いた。

「え、えと、あの……はい？　い、今、設定って言いましたか……」

「言った」俺は答える。

「つまり『牧田さんが月村さんの彼女であるということ』は設定であると……」

一つ目の確信的な質問が迫る。

俺はゆっくりと頷いた。

「そうだ」

「ッ——そ、それって、要するに……お二人は『偽装カップル』ってことですか!?」

俺と奏は、全く同じタイミングで揃って首を縦に振った。

「ああ」「そうだよ」

「つまり、お二人は演技でいつもイチャついていて、お互いのことは何とも思っていないという……あの、その……」

「いや。そうでもないな」「ちゃんと響のことは大切に思ってるよ」

「え……だ、だって偽装なんじゃ……いやでも、お二人はすごく仲良くて、一緒に登校してますし、お昼も牧田さんの手作り弁当を一緒に食べて……？」

事情が全く呑み込めないようで、桐谷《きりたに》があたふたしながら俺と奏の顔を交互に見た。

逆に俺と奏はというと——なんだか久しぶりに本当の関係性を、他人に晒せることに喜びを抱きつつあった。

「それも演技なんだよ。ちなみに、あの弁当だが、奏が作ったものではない」

「そうだね。あたし、料理なんて全く出来ないし。でも、単にお母さんが作った奴《やつ》を持って来て渡してるだけなのに、あたしが料理上手だと思われてるのは気分いいかも」

「家庭科の授業が選択で良かったな」

「本当にね」

「は……？」

「だが、仲が良いのは本当だ。偽装カップルではあるが、俺と奏は『この世で最も近しい関係』ではあるからな」

「まぁそうなるよね。だって同じ遺伝子が流れてるんだもん」

「え……」

「奏。またその間違いをするのか。俺達は二卵性で、しかも男女だぞ。同じ親の血は流れているが、遺伝子は別物だ。それに遺伝子は流れるものじゃない。しっかりしろ」

「響、うるさい。だって紛らわしいんだもん。別にいいじゃん」

「全く紛らわしくない。小学生の理科レベルだぞ、まったく……」

「──あ、あの、あの、あのあのあの！　え、え、え？　ちょっと、待って……待ってください。こ、呼吸が……ゴホッ！　ゴホゴホ！」

思いっきり桐谷が狼狽《ろうばい》し、いきなり噎《む》せ始める。

──もうこれ以上、焦《じ》らす必要もないだろう。

これこそが俺と奏が抱えている最大の秘密だ。

もちろん何の意味もなしに、こんな面倒で、そして見ようによってはインモラルでしかない関係を維持しているわけではない。

俺は桐谷の咳《せき》が止まるのを待って、確信的な答えを桐谷に伝えた。

「すまない。月村響《俺》と牧田奏《奏》は血の繋《つな》がった双子の兄妹なんだよ」

「桐谷さん、ごめんね。こうしてないと響《ひびき》に寄って来る女の子があまりに多過ぎて、夢瑠《ゆめる》先輩に悪いから」

「……奏。いきなり桐谷に夢瑠さんの名前を出してもわからないだろ」

「でも出さないと説明出来ないでしょ」

「それはそうだがな……」

こうして言い合う俺と奏を前にして、桐谷の衝撃はついにピークに達したようで——

「えええええええええ!?」

彼女の絶叫が始業前の校舎に木霊したのだった。

西野夢瑠

「え。また東京に転勤が決まったの？」

「ああ、やっと戻れるよ。やっぱり夢瑠《ゆめる》も嬉しいか？」

「それはもちろん。広島の暮らしも悪くはなかったけど……大切な知り合いが東京には何人もいるから」

二年ぶりの東京だ。

本来なら転勤は三年周期が普通だと聞くから、こんなに早く東京に戻れるのは父の仕事ぶりが他より抜きん出ていたからに違いない。

「……早く響くんと奏ちゃんに会いたいな」

「おお、懐かしい名前だ」

「珍しいね。わたしの知り合いの名前を覚えてるなんて」

「そりゃあ、そうだ。うちにも何度か遊びに来たじゃないか。夢瑠が中学で生徒会長をやっていたとき、役員だった子達だろ？」

「……うん。そうだよ」

「ええと……二人は同級生だったかな。それとも一つ下だったかな」

「どっちも一つ下だよ。響くんと奏ちゃんは双子の兄妹だから」

「ああ、そうだ！　思い出したよ。やっぱり双子を産んだ親は子供に双子ネームを付けるんだなと妙に感心した覚えがある」

「父親っぽい感想だね。でも、二人の両親はそんな深い意味で名前を付けてないかもしれないよ」

「……どういう意味だ、夢瑠」

「響くんが月村《つきむら》で、奏ちゃんが牧田《まきた》――苗字《みようじ》が違う。二人の両親は結構早い時点で離婚してるんだよ」

「おやおや。珍しいな」

「珍しい？　離婚が？」

「まさか。父親が双子の片方だけでも親権を取れたことに驚いたんだ」

「……またしても父親ならではの感想だね」

「同じく離婚経験者の感想でもあるな」

「そうだね」

二人の両親の問題は置いておくとして、とにかく東京に戻れることは喜ばしい限りだった。東京に戻ったら、やはりどこかの学校に編入することになるだろうが、住み慣れた八王子の街がわたしには合っているような気がした。

響くんと奏《かなで》ちゃんは、わたしと久々に会ったら、どんな顔をするだろうか。

笑うかな。

それとも泣くのかな。

どっちでもいい――早く、二人の笑顔が見たい。

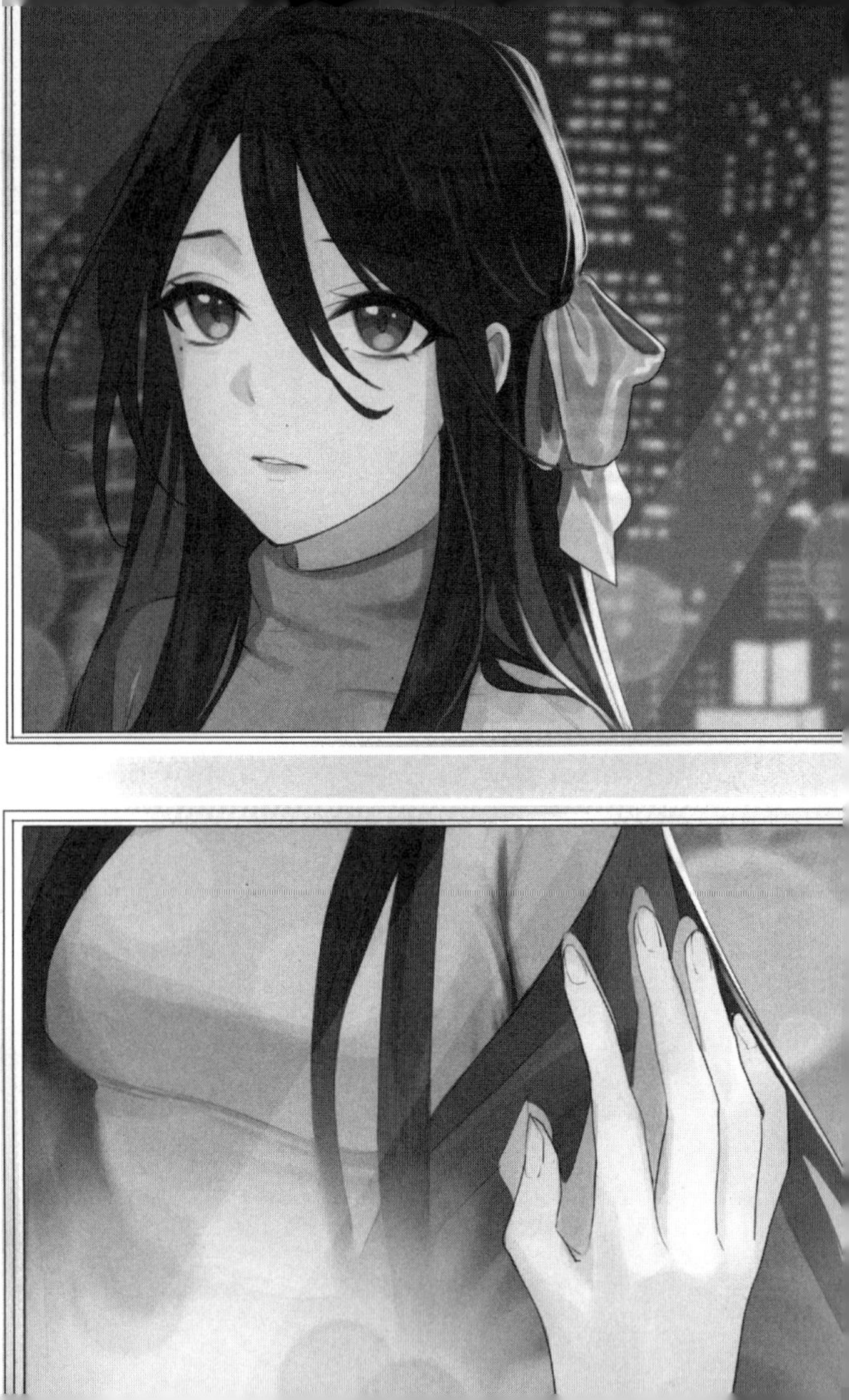

あとがき

ついに『カーストクラッシャー月村くん1』発売でございます。

一巻の時系列は「二〇一九年・六月」でして、この本の発売日から二年ほど前を舞台にしております。そのため登場する実名作品の立ち位置が現在の感覚とは違うモノがいくつかあるかもしれません（逆に今と大して変わらないモノも多いかもですが）。

ジャンルとしては「青春ラブコメ・スクールカースト系作品」になるのでしょうか。

ただし、主人公が従来よくあるカースト下位の存在ではなく、最上位にいるという点がちょっと今風なのかもしれないですね。

主人公である「月村くん」はスクールカーストを知り尽くした存在であるが故、最上級の「破壊者」としても機能します。最上位に立つ人間だからこそ出来る、カーストへの介入・抵抗というモノを次巻も描くことが出来たらと考えています。

最後に謝辞を。ステキなイラストを描いて下さったmagakoさん、本当にありがとうございました！　どのキャラクターもイメージ通りで、magakoさんのおかげで、この作品に息が吹き込まれたといっても過言ではありません！　皆さんと二巻でもお会い出来ることを願っております！

高野小鹿

OVERLAP

カーストクラッシャー月村くん 1

発　行　2021年7月25日　初版第一刷発行

著　者　高野小鹿
発行者　永田勝治
発行所　株式会社オーバーラップ
〒141-0031　東京都品川区西五反田 8-1-5
校正・DTP　株式会社鷗来堂
印刷・製本　大日本印刷株式会社

Printed in Japan　ISBN 978-4-86554-956-0 C0193

作品のご感想、ファンレターをお待ちしています
あて先：〒141-0031　東京都品川区西五反田 8-1-5 五反田光和ビル4階　オーバーラップ文庫編集部
「高野小鹿」先生係／「magako」先生係

PC、スマホからWEBアンケートに答えてゲット!
★この書籍で使用しているイラストの『無料壁紙』
★さらに図書カード（1000円分）を毎月10名に抽選でプレゼント!

▶https://over-lap.co.jp/865549560
二次元バーコードまたはURLより本書へのアンケートにご協力ください。
オーバーラップ文庫公式HPのトップページからもアクセスいただけます。
※スマートフォンと PC からのアクセスにのみ対応しております。
※サイトへのアクセスや登録時に発生する通信費等はご負担ください。
※中学生以下の方は保護者の方の了承を得てから回答してください。

オーバーラップ文庫公式HP▶https://over-lap.co.jp/lnv/